EL TIEMPO ES EL DIABLO

© RICARDO BOFILL, 1985
EDITORIAL PLAYOR
Dirección postal: Apartado 50.869. Madrid
Dirección oficina central: Santa Polonia, 7
28014 Madrid. Tel. 429 51 25
Cubierta: J. A. Pérez Fabo
ISBN: 84-359-0397-4
Depósito legal: M-14443-1985
Impreso en España / Printed in Spain
Talleres Gráficos Peñalara
Ctra. Villaviciosa a Pinto, Km. 15.180
Fuenlabrada (Madrid)

RICARDO BOFILL PAGES

El tiempo es el diablo

BIBLIOTECA
CUBANA
CONTEMPORANEA

TRANQUILINO se despertó, estuvo a punto de bostezar ruidosamente, miró a la mujer que dormía a su lado y se puso los pantalones. Calculó que serían las seis de la mañana. Viernes. El año no le importaba. Desde hacía mucho tiempo no le importaban los años. A menudo tampoco le importaban los meses, salvo cuando era diciembre, porque entonces le llegaban muchos pedidos, se veía obligado a pasarse el día entero elaborando figuras de yeso y también porque era el único mes en que ganaba algún dinero. Pero ahora estábamos si acaso en agosto. Faltaban cuatro meses. Este año quizás no podría trabajar tanto como otras veces. No se sentía bien de salud. Cuando le preguntaban respondía que era el asma. O la artritis. Indistintamente. Como si fueran los mismos síntomas. Como si diera lo mismo una enfermedad que otra.

—¿Qué hora es? —preguntó la mujer a sus espaldas. Siempre se despertaba apenas él empezaba a fajarse los pantalones.

—Las seis.

—¿Cómo lo sabes?

—No tengo ganas de discutir, Clotilde. Ya sé que no tenemos reloj. Pero deben ser las seis. Más o menos.

«Si fuera diciembre no podría trabajar tanto», pensó Tranquilino. «De verdad que no me siento bien.» Pensó otra vez que le hacía falta ganar algún dinero, que la gente en diciembre compraba más figuras de yeso que en el resto del año. Lo prudente hubiera sido elaborar muchas figuras durante los meses en que apenas se vendían y guardarlas para venderlas en diciembre. Pero ya él desconocía la prudencia. O le daba lo mismo también ser prudente que no serlo.

—¿Hoy vas a vender o a trabajar? —preguntó Clotilde. Lo preguntaba como si el trabajo consistiera nada más en elaborar las figuras de yeso, como si venderlas no fuera lo más difícil, lo más laborioso. Como si venderlas fuera un placer. Vender era la peor parte de su trabajo. Pero Clotilde siempre hacía esa distinción que a él se le antojaba idiota.

—¡Voy a vender. Prepárame el desayuno, Clotilde. Anda.

—No me explico por qué te levantas tan temprano entonces. ¿A quién se le va a ocurrir comprar una figura de yeso a las seis de la mañana?

—Es que el sueño no me alcanza para más. Hace como una hora que estoy despierto. ¿Me vas a preparar el desayuno?

—Ya voy, hombre —respondió Clotilde, aunque siguió debajo de la sábana sin moverse.

Tranquilino salió al patio a orinar. Hubiera podido entrar en el cuarto de baño y orinar en la taza del inodoro, pero por la mañana siempre prefería hacerlo en el patio. A esa hora nadie estaba levantado, nadie lo vería. Mientras orinaba al pie de una mata de mango Tranquilino pensó que de joven él tampoco había sido prudente. Acaso ningún joven lo ha sido nunca. O lo han sido muy pocos, sólo los que de pequeños ya tenían un espíritu viejo. Pero él era un niño todavía. Por dentro. Y no le molestaba seguir siéndolo. Ya no le molestaba nada. Ni siquiera que Clotilde no lo entendiera. Ni siquiera que nadie lo entendiera.

Recordó que a los doce años era el alumno más aventajado de su escuela y que su familia pensaba que era un muchacho inteligente y que hasta había soñado hacerse pintor. Pero de eso hacía ya cincuenta y dos años. Más de medio siglo. «Y sin embargo, me parece que fue ayer», se dijo Tranquilino. Siempre lo desconcertaba la facilidad con que uno puede remontar el tiempo y viajar hasta medio siglo atrás en sólo un instante. Junto al tronco de la mata de mango el chorro de orina había estado perforando la tierra hasta hacer un agujero nítido y los bordes del agujero se llenaban ahora de una espuma amarillenta. Le pareció que del agujero salía también humo, provocado por su orina caliente en la fría temperatura de la madrugada, pese a que estábamos en agosto, pero no le prestó mucha atención al hecho.

«Siempre saqué bastante bien las asignaturas, pero en el último año me rajé», pensó Tranquilino sonriente. «De todos modos mi familia no contaba con recursos para mandarme a la capital, para pagarme una carrera en la Universidad. No valía la pena seguir estudiando.» A veces había pensado que al reflexionar así se estaba justificando y que debió haber seguido sus estudios y tratado de llegar a la Universidad, porque siempre que uno desea algo con fuerza lo consigue. Pero le resultaba más cómodo echarle la culpa a la mala situación económica de la familia.

«Eso es lo que hace todo el mundo —pensó—, justificarse. Aunque a lo mejor no estoy justificándome porque es bastante difícil salir de Mabujina. Yo creo que este pueblo no está ni en el mapa.»

Cuando Tranquilino entró en la cocina ya la mujer tenía encendido el fogón. La mayor parte de las veces cocinaba con leña, porque el dinero no alcanzaba para comprar carbón, y entonces el humo que la lumbre provocaba en los trozos de madera tiznaba los calderos hasta revestirlos de una costra casi imposible de deshacer, pintaba de negro las vigas del techo y las paredes de tabla que un tiempo atrás habían estado primorosamente barnizadas, y finalmente salía por la pequeña ventana como si quisiera también ensuciar el aire puro y transparente que corría alrededor de la casa. Dentro de la cocina, envuelta en aquella humareda, la mujer tosía constantemente. Cuando Tranquilino entraba en la cocina, la mujer tenía siempre un acceso de tos mucho más fuerte que de ordinario, se doblaba por la cintura y colocaba las dos manos sobre sus riñones, en una postura verdaderamente lastimosa, y al cabo de toser un buen rato empezaba a maldecir.

«Se me van a fastidiar los pulmones», decía cuando terminaban sus maldiciones. «Ya debo tenerlos tan negros como los calderos.»

—¿Colaste el café? —preguntó Tranquilino.

—Todavía. Yo no soy una máquina. Además, la leña parece que está húmeda y no arde bien. Mucho humo y poca llama.

—Húmeda no debe estar. Lo que pasa es que la leña no es buena. Voy a ir a la costa un día de estos para traer un poco de mangle.

—Lo que tienes que hacer es buscar dinero para comprar carbón.

—Es verdad. Pero el dinero en esta época tiene las patas largas, mujer, y no hay quien lo alcance.

—Sí, sí hay quien lo alcance.

—Sí, claro que hay. Los ricos. Pero éstos siempre han tenido las patas largas también.

—La culpa es tuya —agregó la mujer en alta voz. Cuando la cocina se llenaba de humo la mujer invariablemente alzaba la voz como si el humo impidiera no sólo la visión, sino también escuchar las palabras. A veces hasta hacía bocina con las manos.

—No le des más vueltas al asunto, Tranquilino —recalcó—, la culpa de toda esta miseria que estamos pasando la tienes tú. No sé cómo se te ocurrió dejarte poner en ese condenado pedazo de papel.

Tranquilino había sido el segundo en entregarle su rostro al papel. Cuando el hombre llegó a Mabujina con su cajón a cuestas y con un trípode donde asentar el cajón y dijo que él podía hacerle un retrato a cualquiera, a Tranquilino sólo se le ocurrió preguntar qué cosa era un retrato.

—Póngase delante de la cámara y lo va a saber —contestó el hombre—. El hombre era bajito y gordo y calvo tenía unos ojos mansos, con arrugas como bolsas debajo de los ojos, y no parecía una mala persona, pero Tranquilino no quiso ser el primero en ponerse delante del cajón. No era prudencia porque por el ojo de vidrio del cajón no podía salir nada que le hiciera daño, pero nunca le gustaba ser el primero. Permitió que Candelario lo hiciera antes. Candelario era el carnicero del pueblo y se dejó retratar sonriente, con el delantal manchado de sangre y la hachuela en alto, como si estuviera a punto de desguazar el costillaje de una res. Y sólo cuando Tranquilino vio que efectivamente el rostro de Candelario había sido trasladado a la hoja de papel sin que le faltara el menor detalle, decidió someterse a la prueba.

—Sí, soy yo, no hay duda —dijo cuando el hombre

le entregó el papel—. Igualitico. Como me parió mi madre.

Dos horas después estaba en su casa. Desde que vio su rostro en el papel ardía en deseos de mostrárselo a su mujer, pero la gente se lo había impedido. Todo el mundo lo detenía en la calle para preguntarle lo que él tampoco sabía: cómo lograba aquella maravilla. Tranquilino, a quien nunca le había gustado pasar por ignorante, respondía con orgullo, aunque con el laconismo necesario: «Es un retrato.» Finalmente, ya cansado de tantas muestras de admiración, le hurtó el cuerpo a cuantos lo miraban con ánimo de nuevas preguntas y llegó hasta su casa a todo correr, con la respiración entrecortada, como recordó que lo hacía únicamente para huirle a un aguacero.

Clotilde se persignó, horrorizada, cuando vio el retrato.

—¡Alabado sea Dios! Esto es obra del demonio, Tranquilino.

—¿Por qué, mujer?

—Porque sí. A Dios no se le ha ocurrido nunca hacer dos personas iguales. Ni los jimaguas son iguales. Siempre tienen algo diferente. Dime una cosa. ¿El hombre que te hizo esto venía vestido de negro?

—No.

—Da lo mismo. El diablo es capaz de vestirse de otro color.

Tranquilino sabía perfectamente que la culpa de su miseria no la tenía el diablo, sino su edad. Los años no pasaban por gusto y ahora, aunque quisiera, no podía trabajar con el mismo entusiasmo que lo hacía cuando era joven. Para Tranquilino el diablo era el tiempo. El tiempo que no perdona, que destruye el ánimo y la salud, que pasa arrollando propósitos y esperanzas, y que pasa siempre inútilmente, salvo que su única utilidad sea precisamente ésa: llevarnos hasta las últimas arrugas que nos fabrica en el rostro. Pero Clotilde no iba a entenderlo. Prefirió guardar silencio. Siempre guardaba silencio y siempre se salía con las suyas. Meses atrás también en silencio había colocado el retrato, pese a las advertencias en contrario de su mujer, en lo alto del tabique que separaba la sala del comedor, justo frente a la puerta de la calle, para poder mirarlo cada vez que tuviera deseo mientras descansaba en su sillón de mimbre.

Clotilde le acercó una taza de café y Tranquilino se quedó un rato con la taza humeante en la mano, sin probar siquiera el líquido, esperando a que se enfriara, porque tenía la experiencia de que a su mujer le quedaba el café más caliente que a nadie. Debía ser una idea descabellada porque todas las candelas tienen que hacer siempre el mismo efecto sobre el agua, pero Tranquilino estaba convencido de que el café que Clotilde hacía quedaba más caliente que cualquier otro café.

—¿Está caliente? —preguntó la mujer.
—Un poco.
—¿Qué esperas? Tómalo así. Eso no es un refresco.

Tranquilino pensó en sus figuras de yeso. Realmente nunca las había hecho para salir de la miseria. Una vez estuvo elaborando durante meses o quizá durante años figuras de gallos y elefantes y la gente pagaba buen dinero por ellas. Sobre todo le compraban muchas figuras de elefantes, grandes y pequeñas, con trompas enroscadas o tiesas, porque decían que daba buena suerte tenerlas en las casas. Mucha gente llegó a poseer verdaderas colecciones de elefantes y cuando a las figuras se les rompían las patas o las trompas llegaban a preocuparse tanto, creyéndolo un pésimo augurio, que en seguida las reemplazaban por una nueva figura para sentirse a salvo de cualquier desgracia. Pero Tranquilino nunca quiso aprovecharse de esa coyuntura y dejó de elaborar gallos y elefantes como antes había dejado de elaborar alcancías con figuras de libros o de casas de campo, que a la gente también le gustaba comprar. Clotilde se pasaba entonces un largo tiempo peleando hasta que se le olvidaba por qué estaba peleando, aunque no dejaba de pelear.

Cuando Tranquilino estaba inconforme con alguna de sus figuras renegaba de ella para siempre y no volvía a elaborarla, aunque le pagaran lo que le pagaran. Justo un mes después de la fecha en que decidió no hacer más gallos fue llamado al edificio de la alcaldía. Gumersindo Cabral, el alcalde, que criaba gallos de lidia y era famoso por las desaforadas apuestas a que lo llevaban las patas de sus animales, quería que Tranquilino le elaborara un gallo de yeso de proporciones descomunales para adornar su despacho.

—Así, que tenga por lo menos un metro y medio de alto —dijo el alcalde señalando con la mano.

—Lo siento, alcalde —dijo Tranquilino—, de verdad que quisiera complacerlo. Pero yo no hago otro gallo aunque tenga la seguridad de que vaya a cacarear cuando lo termine.

A veces Tranquilino no se explicaba la razón de esas negativas. Tampoco sabía qué era exactamente lo que él deseaba hacer, pero siempre concluía pensando que su insatisfacción no era un capricho y que dentro de la trabazón de sus ideas había algo impulsándolo turbiamente pero con pie seguro a la realización de un trabajo que iba a permitirle algún día estar en paz consigo mismo. «O quizá sea eso, pensó, que ninguno de los gallos que hago ha logrado cacarear todavía.»

Tranquilino se entretuvo mirando con excesiva aplicación una esquina del buró del alcalde donde vasos y botellas habían dejado sus manchas redondas en la madera barnizada. Miraba para huirle a los ojos del alcalde mientras buscaba alguna justificación más válida. Pero no la encontró y se sintió obligado a pronunciar más o menos las palabras de antes, aunque en un tono que buscaba la lástima, que le quitaba el filo de inconveniencia a su negativa.

—En realidad yo no pienso hacer un gallo más en mi vida, alcalde.

—¿Qué es lo que usted quiere hacer entonces, Tranquilino? —le preguntó el alcalde después de rascarse la nuca, doblemente extrañado por aquella negativa que no esperaba y por la calma con que acababa de acoger la respuesta de Tranquilino, que a pesar del tono respetuoso él no podía dejar de considerarla más que como un desaire.

Tranquilino se miró a las manos antes de responder:

—Algo que provoque que sigan hablando de mí después de que me muera.

Gracias a esas palabras, dichas casi sin pensarlas, Tranquilino pudo enterarse al fin de lo que él mismo inútilmente estaba deseando explicarse desde muy joven. «El apuro en que me puso el alcalde fue mi salvación», pensó. Estaba fanáticamente convencido de que después de saber lo que quería no iba a ser tan difícil conseguirlo. «Eso es lo mismo que le ocurre a los pollos», comparó. «Lo importante es nacer. Después ya se las agenciará el pollo para buscarse la comida y aprender a cantar y a pelear si sale macho o a poner huevos si nace hembra.» El entusiasmo no le duró mucho, sin embargo, y al cabo de unos cuantos meses se dio cuenta de que se había hecho demasiadas ilusiones con el descubrimiento, porque las figuras que salían de su taller no eran ni mejor ni peor que las anteriores. «El yeso no da para más», dijo una tarde dejando caer los brazos a lo largo del cuerpo. Esa tarde supo también con desaliento que ya nunca podría realizar lo que deseaba porque había agotado todas las posibilidades de su oficio y estaba demasiado viejo para empezar otro camino. No era necesario encontrarse con la explicación. Lo sabía y nada más. Lo sabía en la forma en que se saben las cosas antes de que vengan las palabras a nombrarlas, en la misma forma en que él había estado sabiendo su deseo antes de que le llegaran las palabras para explicárselo al alcalde.

A partir de ese momento la producción de su taller empezó a decaer. Tranquilino explicaba que no se sentía bien de salud. Cuando le preguntaban respondía que era el asma. O la artritis. Indistintamente. Como si diera lo mismo una enfermedad que la otra. No volvió a sentir el entusiasmo hasta el día en que vio su rostro en el papel. También entonces supo que aquel retrato iba a cambiar el curso de su existencia sin que él pudiera explicarse por qué. Y cuando tres meses después murió Candelario y corrió por todo el pueblo la noticia de que el carnicero había regresado de la tumba para hablar con su mujer, Tranquilino tuvo la idea de que ya empezaba a andar por el sendero de todas las explicaciones posibles.

—¿Viste lo que le pasó a Candelario por dejarse

poner en el papel? —dijo Clotilde como si estuviera leyéndole el pensamiento—. Ahora anda por ahí como un alma en pena. Lo que yo te digo. Esas son cosas del diablo.

—Del diablo o no, lo cierto es que tienen que seguir hablando de Candelario aunque esté muerto.

—¿Y eso es lo que tú quieres?

—Eso mismo —dijo Tranquilino con un hilo de voz. Y en seguida pensó: «Si llego a demorarme un segundo más en contestar no hubiera dado esa respuesta.»

—Entonces debías morirte —dijo la mujer.

Tranquilino la miró detenidamente. Miró primero sus brazos flacos que salían de las mangas como dos flecos de piel sin vida, y después su pecho hundido, y finalmente su rostro, y sólo así se dio cuenta de todo el tiempo que había estado sin mirarla detenidamente. No le pareció que aquel era el rostro de su mujer. Tampoco le pareció que había odio en el rostro de aquella persona que acababa de desearle la muerte.

—Me has dado una buena idea —dijo Tranquilino mientras le daba la espalda a su mujer. Caminó hasta la sala, miró su retrato durante un buen rato, sin pestañear una sola vez, y echó a andar hacia el cuarto con la cabeza gacha. En el cuarto había dos sillas que empezaban a desfondarse, la cama en que Tranquilino dormía con su mujer, una mesita sin barnizar y un escaparate de caoba, alto, macizo, con una larga gaveta debajo de sus dos puertas. Era todo el mobiliario. Tranquilino se acostó sin desvestirse, pensando que esas eran las únicas cosas que él se vería obligado a mirar constantemente hasta que le dijera adiós a la vida.

Poco después Clotilde entró en la habitación.
—¿Te sientes mal? —preguntó.
—No.
—¿Vas a salir a vender?
—No.
—¿Qué vas a hacer entonces?
—Morirme.
—Tú no estás enfermo —argumentó la mujer.
—No importa.

Clotilde recogió su pelo con las dos manos, alisándoselo, lo torció detrás hasta convertirlo en un moño y lo clavó con una peineta de carey. Tranquilino se dio cuenta de que iba a salir.

—Estás perdiendo el tiempo. Hagas lo que hagas me voy a morir.

La mujer no contestó una sola palabra. Sacó del fondo de la gaveta del escaparate un chal negro, agujereado por las polillas, se lo echó sobre los hombros y salió. Una hora más tarde estaba de vuelta con sus tres hermanos. De los tres, Rogelio *el Pecoso* era el único que estaba dispuesto a discutir con Tranquilino. Los otros dos habían venido de mala gana, sólo para complacer a Clotilde, sin ánimo de pronunciar una frase que pudiera disuadir a Tranquilino. Nunca habían demostrado la menor simpatía por el cuñado y ahora los tenía sin cuidado que se muriera en una forma o en la otra. Rogelio *el Pecoso* tampoco simpatizaba con Tranquilino, pero su devoción por Clotilde, que lo había cuidado de pequeño como una verdadera madre, lo llevaba a procurar la tranquilidad de su hermana a toda costa. Era un hombre bajito y musculoso, con un rostro lampiño y redondo, todo lleno de pecas.

—¿Qué pasa, Pecoso? Siéntate si quieres conversar

conmigo —le dijo Tranquilino apenas lo vio entrar en la habitación—, pero te advierto que si vienes a convencerme de que no debo morirme vas a terminar desfondando la silla por completo, sin haber obtenido ningún resultado.

—Yo no creo que te vayas a morir —dijo Rogelio *el Pecoso*—. Si no estás enfermo no puedes morirte. Vengo nada más a pedirte que te levantes y salgas a dar una vuelta por el pueblo para que no hagas sufrir más a la pobre Clotilde por gusto.

Tranquilino movió negativamente la cabeza sobre la almohada

—Lo lamento, Pecoso, pero no voy a cambiar mi decisión. No tienen que preocuparse por mí. Ni siquiera les pido que vayan a mi entierro. Mientras menos molestias yo les ocasione será mejor.

Rogelio *el Pecoso* se dio cuenta de que, efectivamente, nada iba a sacar en claro discutiendo con su cuñado. Miró por última vez a Tranquilino, fijamente a los ojos, antes de ponerse de pie y salir de la habitación, y aunque tuvo repentinamente la impresión inexplicable de que aquel hombre era un moribundo no sintió lástima por él y ni siquiera molestia por no haber encontrado las palabras con que pensara disuadirlo. Sencillamente se había quedado con la mente en blanco frente a aquel rostro que le pareció más de otro mundo que de éste. Fue a decir algo y sintió que de nuevo lo perforaba por dentro la idea fija de que la actitud de su cuñado no permitía otra alternativa que no fuera la solución de la muerte. Sin embargo, cuando se reunió en la sala con Clotilde y sus dos hermanos se echó a reír calculando que era idiota la aprensión que había experimentado unos minutos antes.

—Son majaderías de Tranquilino —dijo—. Estoy seguro de que ahorita se levanta y no piensa más en el asunto.

—No se va a levantar —dijo Clotilde—. Debiste haberlo convencido. Ustedes no lo conocen bien. Este Tranquilino es tan terco que es capaz de morirse de verdad.

Cuando cuarenta y tantos años atrás Clotilde se casó con Tranquilino, Rogelio *el Pecoso* tenía catorce, y fue sólo diez años después que empezó a poner en práctica, sin el menor resultado, su sostenida y sorprendente estrategia mediante la cual, según sus cálculos, debía hacerse rico de la noche a la mañana. Para ganarse el sustento se dedicaba habitualmente a la caza de cocodrilos, pero los rigores de la ciénaga y las escasas posibilidades económicas que se derivaban de su trabajo, no lograban más que aguzar su imaginación, haciéndole concebir los más descabellados proyectos con tal de ganar dinero. Apenas conoció a Tranquilino y se dio cuenta de que su cuñado desaprovechaba lamentablemente las oportunidades que se le presentaban de mejorar económicamente, dejó de visitar la casa de su hermana. Un día Clotilde le preguntó la razón y Rogelio *el Pecoso* se lo dijo con toda claridad.

—Tu marido es un fracasado, Clotilde. Pero lo peor es que estoy convencido de que tampoco te quiere a ti.

—¿Por qué? —preguntó Clotilde ganada por la sospecha de que su hermano hubiera visto a Tranquilino con otra mujer.

—Porque el hombre que no ama al dinero no puede querer a nadie —fue la respuesta de Rogelio *el Pecoso*.

De modo que siguió sin visitar la casa del cuñado pese a que, según gustaba de comentar en público, era capaz de dar la vida por Clotilde. Sin embargo, cuando Rogelio *el Pecoso* se enteró por boca de su propia hermana que Tranquilino había dejado poner su rostro en una hoja de papel y que aquella hoja era la admiración de todo el mundo, empezó a visitar diariamente la casa, confundido entre la multitud que llegaba desde los rincones más insospechados para contemplar la novedad. Clotilde estaba alarmada. Alarmada y confundida. Alarmada y confundida y molesta con el entra y sale de la gente a su casa. No podía entender cómo les llamaba tanto la atención aquellas hojas seguramente dibujadas por el diablo. Por suerte para ella un mes después dejaron de hacerlo. Poco a poco. Con esa sorpresiva lentitud con que la gente termina aburriéndose de las cosas. Pero hasta su hermano Rogelio, su propio hermano, contempló durante semanas el rostro de Tranquilino con esa misma adhesiva curiosidad que a Clotilde se le hacía intolerable. «De verdad que Tranquilino ha quedado igualito en esa hoja de papel. Es como si estuviera viviendo fuera de su cuerpo», pensó Rogelio *el Pecoso*. Aunque su corazón le decía que en aquellas hojas con los rostros de Candelario y Tranquilino había un filón para hacerse rico y aunque muchas noches se desveló pensando en las hojas de papel, nunca encontró el modo de sacar provecho de ellas y finalmente, desalentado, dejó nuevamente de visitar la casa de su hermana. Durante aquellos días incluso había hablado de Tranquilino con sus amigos como si se tratara de un hombre importante. Muchos llegaron a creer que se sentía orgulloso de su cuñado. En cambio, ahora Rogelio *el Pecoso* no sólo pensaba que sería rídiculo contarle a los demás que su cuñado se iba a morir únicamente porque lo estaba deseando, sino también que Tranquilino, después del éxito que tuvo dejándose poner en la hoja de papel, estaba obligado a algo más importante que morir: a no morir nunca, por ejemplo. De modo que Rogelio *el Pecoso* volvió a pensar que su cuñado era un fracasado, aunque en esta oportunidad sintió lástima de decírselo a Clotilde con la misma franqueza que empleó otras veces.

—Haz otro esfuerzo —rogó Clotilde—. Convéncelo.
—No se puede hacer nada. Nosotros nos vamos. Si ocurre otra cosa avísanos —dijo secamente Rogelio *el Pecoso* y empezó a caminar hasta la puerta de la calle seguido de sus dos hermanos.

Apenas los tres hermanos salieron, Clotilde pensó con tristeza que a ella sola le iba a ser imposible conjurar la muerte y que debía empezar esa misma tarde a bordar una mortaja con la cual su marido pudiera llegar presentable al otro mundo. Se dijo que esa labor tenía que hacerla en secreto, sin que Tranquilino se diera cuenta, como si la vida estuviera transcurriendo rutinariamente en la casa, porque ella tenía que seguir instándolo, aun sin la menor perspectiva de éxito, a deponer su actitud.

A las once y media, como acostumbraba los días que Tranquilino no salía a vender sus figuras de yeso, Clotilde ya tenía terminado el almuerzo. Corrió la mesita sin barnizar hasta ponerla junto a la cama donde estaba el marido y colocó encima dos platos humeantes. Tranquilino no hizo un solo movimiento sobre la cama.

—Ya está el almuerzo —dijo Clotilde—. Siéntate y come algo.

—No voy a almorzar.
—Hice unos frijoles negros como te gustan a ti.
—No importa. ¿Para qué voy a almorzar? De todos modos me voy a morir.
—Entonces hazlo para complacerme a mí.
—Está bien. Voy a complacerte. Pero no importa que coma porque de todos modos me voy a morir.
Clotilde adelantó bastante la primera tarde en el bordado de la mortaja: por única vez en su vida empezó a sentir la alegría de un trabajo que podía resultar inútil y, mientras el hilo se entrecruzaba sobre la tela, ella pensó que sería bueno que el marido no tuviera que usarla en largo tiempo, o por lo menos en esta ocasión, porque era lógico aceptar la muerte cuando llegara, pero provocarla era un desatino. Provocarla o adelantarla. Aunque no se explicaba cómo sería posible, estaba convencida de que Tranquilino iba a morirse sólo por estarlo deseando. Lo sabía de un modo oscuramente irrebatible. Pero también pensaba que algún acontecimiento podía venir a cambiar los planes de Tranquilino. O más bien lo deseaba. Por eso seguía bordando la mortaja porque era posible que ese acontecimiento no llegara nunca. Porque no debía confundir la realidad con su deseo. A las seis de la tarde se levantó del sillón y dio por terminado el trabajo de aquel día. Entró en la habitación y le dirigió a su marido una mirada neutra. Lo miró con sus dos ojos verdes, del color del agua muerta de las lagunas a la hora del atardecer, a los que ya no daba lumbre siquiera el esfuerzo de la curiosidad. Tranquilino la miró también en silencio. Clotilde se acostó a su lado. El día se apagó. Durmieron. Clotilde se despertó pensando que había soñado algo y trató de recordarlo, pero no pudo.

Miró hacia el pequeño postigo que había dejado abierto la noche anterior, por donde entraban siempre la claridad que andaba en el patio y la fragancia de los limoneros, y calculó que serían las cinco de la mañana. Entonces, de golpe, sin que mediara una nueva idea, tuvo conciencia de su situación. Hizo girar rápidamente la cabeza sobre la almohada y se encontró con el perfil de Tranquilino. Se sintió sobrecogida por un sentimiento contiguo al temor porque tuvo la idea de que el rostro de su marido se había afilado increíblemente durante la noche y de que la respiración no era la misma de siempre. Aguzó el oído y le llegó otra vez la impresión nítida de que jadeaba, de que Tranquilino hacía quizá dolorosos esfuerzos en silencio para alcanzar el aire.

—Tranquilino —llamó en voz baja, medrosamente.
—¿Qué?
—¿Estás despierto?
—Claro. Yo nunca hablo dormido.

Clotilde se levantó y sin quitarse la bata de dormir caminó hasta la cocina. Alimentó el fogón con unas cuantas ramas secas, les roció alcohol y les prendió un fósforo. Luego fue hasta la ventana y miró hacia el patio, donde las gallinas, después de ahuecar sus alas, empezaban a abandonar los palos en que habían dormido y buscaban con sus picos, entre la yerba húmeda, escarbando en la tierra, la diaria ración de lombrices gordas. Aunque a Clotilde la dominaba una lenta desesperación, se acodó para mirar sin darle acceso a un solo movimiento del rostro, como si se le hubieran gastado los pensamientos y su único objetivo en la vida fuera esperar a que las llamas estuvieran a su gusto. Cuando calculó que ya había pasado el tiempo necesario regresó los ojos a su fogón y en ese mismo momento le llegó la idea de que no había visto las gallinas mientras estuvo acodada en la ventana y ni siquiera escuchado el cloqueo que revelara su presencia. Puso el jarro con agua sobre las brasas. Buscó la vasija en que guardaba el café y le echó al agua dos cucharadas de polvo. Volvió a pensar en las gallinas y se dijo que podían habérselas robado durante la noche, pero inmediatamente desechó ese temor. Quizá las había estado viendo con ojos que en ese instante miraban sólo hacia adentro, escurriendo en las rendijas del recuerdo. De todos modos ella no estaba ahora para preocuparse también de las gallinas.

Sabía que cada nuevo momento Tranquilino iba a estar más cerca de la muerte que nunca antes y este pensamiento hacía que el corazón le golpeara con tanta fuerza que ella llegó a temer que los latidos pudieran escucharse fuera de su cuerpo, como si tuviera un reloj dentro del pecho, contándole los pocos minutos de vida que le quedaban al marido. Clotilde trató de descuartizar esa preocupación poniendo la mente en otras muchas preocupaciones menores, pero no pudo. En seguida volvió a pensar que, aunque todo el mundo estaba asediado por la muerte y debía morirse más tarde o más temprano, en el caso de Tranquilino era diferente. Comparó la agonía de su marido con la de un tío abuelo, a quien una res le desfondó el hígado a patadas y ya no hubo modo de componérselo. Murió al tercer día del accidente, después de haber estado echando sangre primero por la boca, luego por la nariz y más tarde por los oídos, como si cuando la taponeaban por un lado, la sangre se divirtiera escapándose por otro lugar. Ideó la similitud porque si bien Tranquilino no mostraba signos de estar destrozado por dentro, tenía que estarlo si iba a morirse con la facilidad que él decía.

Entró en la habitación arrastrando sus chancletas como si las suelas se pegaran al piso y costara desprenderlas. No eran los años, siempre había caminado así cuando estaba sumergida en sus pensamientos. Después de darle café a Tranquilino y de ponerse los zapatos que en los últimos cinco años sólo usaba para salir, abrió la larga gaveta del escaparate. Cuando metió la mano vio una cucaracha que hacía movimientos indecisos, repentinamente acosada por su mano, sin saber qué rumbo tomar. La cucaracha saltó de la gaveta al piso, pero Clotilde alcanzó a aplastarla con el pie. Entonces regresó a su propósito inicial: cogió el chal y se lo puso. Tranquilino volvió a menear negativamente la cabeza sobre la almohada.

—¿Vas a salir otra vez? —preguntó.
—Sí.
—Déjalo. El médico tampoco puede hacer nada.
La mujer lo miró sorprendida.
—Tú no eres adivino para saber que yo iba a buscar al médico —dijo.
—No seré adivino, pero eso es lo que piensas hacer.
—Y si no eres adivino, ¿cómo lo sabes?

Tranquilino movió nuevamente la cabeza sobre la almohada, estirando el cuello hacia un lado y al otro como si buscara una postura más cómoda sin necesidad de que el cuerpo se enterara del esfuerzo. Y aun le quitó con la mano una arruga a la sábana antes de volver a hablar.

—Menos mal —dijo.
—Menos mal, ¿qué?

—Que todavía tienes ganas de discutir, mujer. Bueno, anda, ve a traer al médico si quieres. Ya sé que no hay quien te saque una idea de la cabeza.

Apenas Clotilde salió Tranquilino pensó en Candelario con envidia. Nunca antes había abrigado ese sentimiento, pero el deseo que ahora tenía de correr la misma suerte del carnicero era señal de que nunca estuvo tan lejos de ser un hombre envidioso como él pensaba. Pero envidioso o no, la idea de aparecer en público después de muerto lo obsesionaba hasta el punto de no dejarle un solo resquicio a la posibilidad de que sus proyectos no pudieran cumplirse inmediatamente. Cerraba los ojos y se veía rodeado de personas llenas de asombro que lo seguían por todas las calles del pueblo y que hablaban únicamente de las apariciones de Tranquilino. Estaba absolutamente convencido de que tan pronto dejaran su cuerpo en el cementerio bajo una rústica cruz de pino, creyéndolo fácil pasto de los gusanos, nadie podría impedir ya su regreso a la vida en forma de fantasma. Tan convencido estaba que incluso llegó a imaginar, sombríamente, que el alcalde Gumersindo Cabral, alarmado y receloso de su fulminante notoriedad, iba a salir con su vieja escopeta de dos cañones para darle en público una segunda muerte como única vía de asegurarse la docilidad del electorado.

Y en seguida Tranquilino elaboró la frase que creyó convenía mejor a su situación: «los fantasmas no se matan con escopetas, alcalde. Se matan con oraciones.» Pero quizá todavía resultaba mejor no aconsejarle nada, pensó, y reírse delante de él cuando disparara inútilmente, y verlo disparar otra vez entre lamentos y maldiciones. No, no iba a decírselo. «Lo peor que hay en la vida es ofrecerle un buen consejo al adversario —pensó— porque pueden ganarnos la partida y porque tampoco nos agradecen nada.» Rápidamente desechó, sin embargo, la idea de continuar la controversia con el alcalde y volvió a pensar en Candelario. No se explicaba por qué el carnicero sólo había hecho una aparición en público después de su muerte y calculó que podía ser a causa de la timidez. «Si fuera yo, me dejaría ver a todas las horas del día», pensó.

Entonces se dio a recordar la más reciente historia del carnicero, la única que realmente le interesaba: la que corría desde su muerte hasta el día de hoy. Apenas Candelario soltó el último suspiro, la viuda sacó de un gran baúl con adornos de cobre los vestidos negros que conservaba como restos de lutos anteriores y fue de casa en casa ofreciéndolos a las mujeres que quisieran acompañarla en la pena. Dos o tres aceptaron a regañadientes porque no podían olvidar que Candelario siempre les reservaba la palomilla o el filete o les picaba la ternilla con verdadero placer, aunque sin explicarse el alcance de aquel ofrecimiento que las convertía también en viudas sin tener marido difunto en la casa. Pero las mujeres se pusieron el vestido una sola vez, por puro compromiso, y hasta la viuda se quitó el suyo al cabo de quince días; salió de casa en casa recogiendo las vestiduras en los lugares donde las había dejado y las sepultó nuevamente en el fondo del baúl. Como único indicio de que ya Candelario no picaría más ternillas quedó junto a su imagen un lazo de tela negra, deshilachado en las puntas, que atrapaba todas las churres y las telarañas, prendido fuertemente con tachuelas a la pared de madera.

—Alégrese de tenerlo ahí —decían los vecinos tratando innecesariamente de consolar a la viuda—. Está igualitico que cuando vivía.

Con su delantal manchado de sangre y la hachuela en alto, al parecer dispuesto a proseguir su faena, Candelario sonreía desde el papel.

Con la muerte de Candelario ocurrió lo que ocurre con la muerte de todo el mundo: la gente no pasó del lamento a la sorpresa, aunque ya eran muchos los que estaban pasando del lamento al olvido. Pero realmente nadie veía el menor motivo para asombrarse. Nadie, salvo el abuelo Anselmo —quien llevaba ese nombre debido a su edad sin ser el abuelo de alguien en particular—, pero el abuelo Anselmo era capaz de asombrarse hasta de ver nacer las piedras en el campo como nacen las flores.

—Nacen también de semillas —decía— y crecen, crecen durante las noches. Yo vi una vez una piedra por la tarde y estaba chiquitica y cuando la vi de nuevo a la siguiente mañana ya estaba del tamaño de un melón.

De modo que fue el abuelo Anselmo quien primero tuvo la idea de que Candelario, por el solo hecho de permitir que pusieran su rostro en una hoja de papel, iba a convertirse en fantasma.

Cuando el carnicero murió el abuelo Anselmo no estaba en Mabujina, andaba por lo alto de la sierra con un arria de mulas y sus sacos de café, pero en el viaje de regreso se enteró de la muerte de Candelario. Entró en Mabujina con el sol de la tarde a sus espaldas, que le sacaba chispazos a su enorme sombrero amarillo. Amarró las mulas en el horcón de un portal por donde corrían vientos pintados de sombra, le pasó la mano por el lomo a «Paloma», la bestia que él cabalgaba, y sin otra demora fue a darle el pésame a la viuda. Mientras hablaba con la mujer, miró la imagen de Candelario con la hachuela en alto y estuvo a punto de saludarlo como siempre que pasaba por su carnicería. Miró de nuevo la imagen fijamente, todavía sin comprender, y preguntó:

—¿Así que está muerto?

La viuda asintió con la cabeza, sin encontrar otro modo de responder a la pregunta que no esperaba. El abuelo Anselmo caminó hasta la cocina y comprobó que la imagen le seguía con los ojos; se sentó en el sillón de mimbre de la salita y el resultado fue el mismo; llegó hasta la puerta de la calle y el carnicero no se desentendía de él.

—Fíjese en los ojos. Siempre lo está mirando a uno —dijo el abuelo Anselmo.

—Pero está muerto —replicó la viuda y al fin suspiró con congoja, como siempre pensó que debía suspirar cuando hablaba de su difunto Candelario.

El abuelo Anselmo volvió a caminar de un lado al otro y se supo otra vez perseguido por los ojos. Hasta de espaldas a la imagen sintió la mirada de Candelario en la nuca.

—Si es verdad que está muerto yo tengo razón —dijo al cabo de un rato—. Lo han convertido en fantasma.

Pero como la gente aseguraba que el abuelo Anselmo tenía el cerebro reblandecido por los años, prontamente olvidaron sus palabras. Sin embargo, quince días más tarde, de madrugada, la viuda de Candelario se despertó sobresaltada y vio a su difunto marido, de pie, junto al velador.

—¿Qué tal? —preguntó el carnicero—. Tenía ganas de verte, por eso estoy aquí.

La viuda, que estaba durmiendo con el corpiño desabrochado, se incorporó bruscamente en la cama y se tapó los senos con un pudor que Candelario no le conocía. Luego se restregó los ojos como negándose a darle crédito a lo que estaba viendo.

—Sí, soy yo, Olvido, no tengas la menor duda —dijo el carnicero pausadamente.

—Yo no me llamo Olvido —replicó la viuda como si lo único capaz de asombrarla fuera el nuevo nombre que acababa de escuchar.

—Así te llamarás desde ahora. Nada más usaste luto durante quince días. Acuérdate.

La viuda lanzó un grito y se desmayó. Como en Mabujina nadie estaba acostumbrado a escuchar esos gritos a medianoche, se formó una confusión enorme. Desperezándose los que aún se sentían dominados por el sueño pese a la novedad, los hombres fajándose los pantalones apresuradamente y las mujeres alisándose las enaguas o algún mechón rebelde que había escapado al rápido peinado, comentaban que algo horrible debía haberle ocurrido a la viuda, a tiempo que dejaban a sus espaldas las luces de queroseno de sus casas para entrar en la oscuridad de las calles, sin acordarse siquiera de cerrar las puertas como protección de los pequeños hijos que quedaban durmiendo ajenos a lo que sucedía. Tocaron repetidas veces en casa de la viuda y la llamaron a grandes voces, pero la mujer no respondió. Hubo que derribar la puerta a empellones. El primero en entrar en la habitación fue Lucas Guardado, un hombre tan corpulento que siempre caminaba dentro de su casa con la cabeza gacha, encorvándose lamentablemente, por el temor de golpearse con las vigas cercanas al techo. Retrocedió en seguida y hubo un murmullo de expectación entre los que le seguían.

—¿Qué pasa, Lucas? —preguntaron voces asustadas.

—Que entre una mujer primero —fue su respuesta—, María Magdalena está casi en cueros.

Después de tomar un cocimiento de canela la viuda se sintió con fuerzas para relatar lo sucedido. El padre Leonardo de la Caridad, que había sido sacado también precipitadamente de su cama por el grito y por unos nudillos que tocaron alarma en la puerta de la sacristía, comentó mientras pasaba sus dedos por los pliegues de la sotana:

—Esas son visiones del diablo. Más vale que recen un Padrenuestro y se olviden de lo sucedido.

A pesar de los consejos del padre Leonardo de la Caridad, y ante la insistencia de la viuda, los vecinos acordaron no dejarla sola a partir de ese momento y decidieron que por lo menos tres o cuatro de ellas estuvieran constantemente a su lado para comprobar la posible nueva aparición de Candelario. Tres días después, en horas de la tarde, Candelario se dejó ver en la puerta del patio. Llevaba un delantal de lona manchado de sangre como si acabara de llegar de la carnicería.

—Buenas a todos —dijo sin moverse de la puerta.

Una de las mujeres que acompañaba a María Magdalena se hincó de rodillas, llorando, y empezó a persignarse sin cesar. Las otras cuatro personas no se atrevían a mirar para la puerta, pero escucharon de nuevo la voz de Candelario:

—Tienes mucha gente de visita, Olvido.

Lucas Guardado, que estaba entre los acompañantes, decidió ir a buscar al cura y regresó en seguida con él. Todavía Candelario estaba en la puerta, sonriente, cuando el Padre Leonardo de la Caridad entró haciendo la señal de la cruz.

—Tú ya no eres de este mundo, Candelario, retírate en el nombre de Dios —dijo el sacerdote mirándolo fijamente a los ojos.

—Mire, padre, ya yo sé más de este mundo y del otro que usted —fue la respuesta del carnicero.

El sacerdote bajó la mano como si se sintiera impotente para nuevos conjuros. Estaba lívido y le temblaban los labios.

—A ver, hijo, dinos la verdad. ¿Qué te trae por aquí? ¿Por qué no gozas de la paz del Señor?

—Yo me siento muy bien, padre, pero es lógico que viniera a ver a Olvido. Ella es mi mujer. Además los vecinos de Mabujina parece que todavía me necesitan. Siempre los oigo hablando de mis ternillas y de lo bueno que yo era.

—Es verdad, tú no tienes toda la culpa —accedió el padre Leonardo de la Caridad—, la gente te pone a pensar en las cosas de la tierra para que no puedas pensar en Dios.

—Otra cosa, padre —dijo Candelario quitándole los ojos al sacerdote para mirar a su mujer—, también tengo mis cuentas que arreglar con Olvido.

María Magdalena bajó los ojos y luego susurró:

—Yo no te he hecho nada malo, Candelario.

—Eso lo vamos a hablar tú y yo aparte —replicó el carnicero con voz visiblemente alterada.

—Bueno, hijo, te lo pido por el amor de Dios —intervino de nuevo el padre Leonardo de la Caridad—. Retírate ahora, déjanos pensar en lo que podemos hacer por el eterno descanso de tu alma.

—Mire, padre, yo lo voy a complacer. Pero no me pida que no vuelva otra vez. Todavía me quedan muchas cosas por resolver aquí.

Candelario alzó una mano en señal de despedida, giró sobre sus talones y se perdió entre los plátanos y limoneros del patio. Nadie se movió de donde estaba para mirar.

—Que Dios lo acoja en su seno —fue la única frase que se le ocurrió al padre Leonardo de la Caridad.

Mientras Tranquilino calculaba todo lo que podía hablarse de él después de su muerte, sobre todo si lograba reaparecer como el carnicero, cosa que no dudaba, escuchó un ruido de pasos en la puerta de la calle y pensó que Clotilde había tenido el tiempo suficiente para localizar al médico y ya estaba de vuelta con él. No se equivocó. El doctor Celestino Troncoso era el único médico del pueblo y gustaba de comentar que, aunque hubiera cien, él siempre sería el mejor porque conocía mucho más de pacientes que de enfermedades. «Y de enfermedades sé hasta las que no vienen en los libros» —agregaba—. Sin embargo, Tranquilino no le tenía la menor confianza porque Celestino Troncoso —a quien nadie podía negarle su inclinación a usar batas blancas— había sido a su tiempo barbero, sacamuelas y médico sin pasar por la Universidad.

El doctor Troncoso arrimó una de las sillas a la cama de Tranquilino, se sentó y puso el maletín sobre sus piernas.

—¿Así que se va a morir, Tranquilino? —preguntó.

—Como lo oye.

—Todavía yo no he dado mi opinión.

—Ni falta que hace, doctor. No hay quién sepa de pacientes como un paciente.

El médico se echó a reir forzadamente, tratando de hacerse sordo a la provocación, pero en seguida, arrastrado por su invencible vanidad, puso al descubierto el filo de su molestia.

—Vaya, no está mala la frasecita —dijo—, pero más paciente soy yo que no me levanto y me voy. A ver, ¿qué se siente?

—Nada.

—¿Ni un dolor?

Ni un dolor.

—Así sería mejor morirse. Sin un dolor. Pero usted no se va a morir, Tranquilino. Quiero decir por ahora.

—Ahora no será. Pero mañana o pasado, sí.

Aunque una larga experiencia le decía que las enfermedades de los pobres nunca son espectaculares y que, por el contrario, de la gripe de un almacenista puede estarse hablando durante meses, el doctor Troncoso tuvo por un instante la ilusión de que la enfermemedad de Tranquilino —porque debía estar enfermo si realmente iba a morirse— había tocado a sus puertas justo a una edad en que él estaba más tentado de darle acceso a la fama que al dinero. Imaginó que Tranquilino iba a ofrecerle la oportunidad para escribir el enjundioso informe a la Academia de Ciencias Médicas del que tanto hablaba en los últimos tiempos a sus familiares y amigos más allegados. Pero inmediatamente el entusiasmo se fue de sus ojos y sonrió con amargura: él no era quién para estar redactando informes y no debía engañarse con las mismas ideas con que engañaba a los demás.

Con el rostro apretado, cejijunto, el doctor Troncoso empezó a auscultar a Tranquilino. Luego le hizo sacar la lengua y finalmente le pasó los dedos por el vientre, maquinalmente, sin percatarse si navegaban por encima del hígado o del páncreas, como lo había hecho tantas otras veces en que una enfermedad lo desorientaba y se creía entonces en la obligación de aplicar la mano en cualquier lugar del cuerpo para cumplir un rito que consideraba indispensable, o quizá —porque eso es lo que haría un médico con título— para darse ánimo y saber que el pulso no iba a fallarle cuando necesitara escribir el nombre de una medicina en el recetario y estampar su firma.

—Bien, ya me tocó bastante. ¿Qué tengo, doctor? —preguntó Tranquilino con socarronería.

—Lo mismo que yo había dicho al principio —replicó el doctor Troncoso—. Nada.

Cuando dijo «nada» trató de sonreír como siempre que se da una buena noticia, pero sintió que las comisuras de los labios no le respondían. En realidad estaba molesto: molesto porque no podía dar con la enfermedad de Tranquilino, si es que estaba enfermo, y también molesto porque Tranquilino gozara de buena salud y se muriera dos o tres días más tarde, pese a que él había dicho que no tenía nada. Lo miró abiertamente a los ojos. Sí, no le importaba que Tranquilino se muriera. Le daba lo mismo que se muriera hoy que mañana. Mirándolo, viendo la burla en los ojos de Tranquilino, se dio cuenta de que aquel hombre moriría aunque no pudiera demostrar que padecía de tal o cual enfermedad. Era la primera vez que le ocurría. Hasta ese momento el doctor Troncoso había puesto si no su conocimiento al menos su entusiasmo y su inagotable buena disposición al servicio de todos sus pacientes. Y bastante había aprendido queriendo ayudar a los demás. Tanto, que casi estaba dispuesto a jurar que Tranquilino podría morir hoy o mañana o la semana entrante, pero sólo porque su deseo era más fulminante que una enfermedad.

Iba a decir: «Son dos pesos», pero se contuvo. El doctor Troncoso sólo cobraba por recetar. Cuando algún paciente lo abordaba en la calle y le preguntaba, gustosamente respondía a todos sus requerimientos sin el menor interés, no importaba el tiempo que la consulta llevara. Pero si extraía el recetario, anotaba el nombre de una medicina y firmaba, invariablemente agregaba: «Son dos pesos.» Y de casa de Tranquilino se iba ahora sin recetar.

De modo que se puso de pie, apartó la silla con la mano izquierda y empezó a caminar sin decir palabra. Tranquilino le miró las espaldas y volvió a sonreír maliciosamente.

—Doctor —llamó Tranquilino.

—¿Qué quiere ahora? —preguntó el médico sin volver la cabeza.

—Recéteme de todos modos alguna medicina para que se sienta bien con su conciencia.

El médico se dio cuenta de la nueva grosería. Apretó sus quijadas. Entonces pensó que también había llegado para él la ocasión del desquite.

—Dicen que el excremento de gato, seco, pulverizado, añadido a las comidas, despierta el deseo de vivir.

Clotilde no se atrevió a acompañar al médico hasta la puerta de la calle. Esperó, las manos enlazadas bajo el vientre, rígida, hasta que se escuchó el portazo del médico. Sólo entonces atinó a soltar sus brazos, a mirar directamente a Tranquilino.

—¿Así que no hay remedio? —preguntó.

—No. Lo del excremento es mentira.

Clotilde agachó la cabeza y lanzó un aullido que a

Tranquilino le recordó el lamento de algún animal del monte. Pero no pudo precisar con rapidez qué animal le recordaba. O acaso trataba de comparar aquel extraño grito de la mujer con el de un animal sólo para no dejarse arrastrar por la lástima que acababa de provocarle.

Para escapar a ese sentimiento de lástima, Tranquilino trató de acordarse de cómo era ella cuando la conoció. Muchas veces había acudido al recurso de sustituir un recuerdo doloroso por otro de alegría y el resultado era excelente. Así se acostumbró a dar un salto en el tiempo, cuando algo le molestaba, e instalarse en los años de su juventud. Pero a veces calculaba mal y el recuerdo evocado no aparecía porque se iba mucho más atrás en el tiempo o se quedaba corto. Ahora le ocurrió así, por lo menos al principio, porque empezó a recordar a Mercedes Santurio en lugar de a Clotilde. También podía haber ocurrido que como Clotilde no era la primera mujer de la que Tranquilino se había enamorado, al remover el pasado, entre tantos recuerdos afloró el de la mujer que primero le gustó. Era alta, ni delgada ni gruesa, y le decían Beba. Como era muy atractiva, las mujeres que la odiaban decían que el defecto de Beba era que tenía la espalda muy estrecha, sin reflexionar que podía ser un error de perspectiva, porque Beba, pese a sus diecisiete años, era poseedora de unas caderas espléndidas. Tranquilino nunca se las tocó.

Contaba Tranquilino dieciocho años cuando se volvió loco por Beba. Le escribió veintisiete poemas, perfectamente rimados, ninguno de los cuales hizo llegar a las manos de su amada. Pasaba incontables veces durante el día por la calle en que vivían los Santurio, sobre todo en las tardes, cuando el sol ya estaba débil y la permanencia de Beba en la puerta de su casa no llamaba la atención. A veces Tranquilino pensaba que la había oído suspirar a su paso. O quizá era sólo el crujido de la seda de su largo vestido, lleno de vuelos y de pasacintas. Así transcurrieron ocho o nueve meses, Beba esperando la declaración de amor y Tranquilino diciéndose que no había que echarlo todo a perder con la impaciencia, que un acto imprudente podía enajenarle el terreno ganado. Una noche Beba se fugó con Marcelo, un pariente lejano que, según se supo después, la acosaba con sus manos cada vez que visitaba la casa de los Santurio. Unos días antes de la catástrofe Tranquilino intuyó que estaba perdiendo ascendencia con la mujer de sus sueños y en un gesto de audacia desesperada acortó la distancia que siempre había entre Beba y él cuando pasaba frente a su casa para confesarle en voz baja que la amaba.

—Así que para eso pasabas por aquí —replicó Beba con una sonrisa que heló a Tranquilino.

Tranquilino se mordió los labios, bajó la cabeza sin comprender y echó a andar con unas piernas de trapo que parecían no servirle para ir a ningún lugar o que le servían sólo para caminar sin rumbo fijo. La respuesta de Beba se convirtió luego en la fuente de la obstinada incapacidad de Tranquilino para conocer a las mujeres, porque nunca quiso confesarse —ni aun ahora, casi medio siglo después— que con Beba él había pagado su novatada. Simplemente en aquel momento Tranquilino olvidaba, aunque lo había oído decir en múltiples ocasiones, que las mujeres son plazas que deben tomarse por asalto, resueltamente y sin dilación, porque aun cuando están enamoradas el espectáculo de un largo asedio termina indisponiéndolas contra el conquistador. O quizá no lo había olvidado. Decididamente lo ignoraba: los años aún no habían tenido tiempo de aconsejarle nada.

Con esa dolorosa experiencia en su haber conoció a Clotilde. Era trigueña y menuda, pero estaba muy bien formada. Tranquilino pensó que podía llegar a gustarle mucho más que Beba. Bajo el impacto de su reciente fracaso la enamoró en la primera ocasión que se le presentó y la forzó casi brutalmente a someterse a sus caricias como podía haberlo hecho el primo de Beba, o como él sospechaba que lo había hecho, venciendo el temor de que su excesiva vehemencia de ahora le acarreara otro desenlace desagradable. Pero también olvidaba o desconocía que para las mujeres no hay vehemencias imperdonables. Clotilde no sólo justificó su conducta —y eso que Tranquilino la besaba sin miramientos en la puerta de su casa a cualquier hora del día que pasaba por allí y aprovechaba por las noches el menor descuido de la madre para tocarle los senos pequeños y duros por encima del tafetán—, sino que se sintió tan halagada por aquellas sinceras expresiones de amor que muy pronto accedió a convertirse en su mujer.

El recuerdo de los senos jóvenes de Clotilde terminó por inquietar a Tranquilino. Era la única mujer con la que se había acostado a lo largo de toda su existencia. Ahora, ya próximo a la muerte, lo recordaba con una mezcla de ternura y resentimiento. También Clotilde había tenido de joven unas caderas espléndidas, sobre las que él dejaba caer su muslo como si cabalgara, para dormir toda la noche en esa postura, después del jadeo y los sudores del amor. La imagen exacta de la cópula sobrevoló a su alrededor con su dulce, inconfundible y sofocante estela de olores y sacudimientos. Tranquilino, bocarriba, sintió por debajo de la tela del pantalón, muy cerca de la portañuela, un movimiento de animación, y se dijo que hacía meses que no le pasaba, salvo algunas madrugadas cuando se despertaba con deseos de orinar, y que era lo menos apropiado que le ocurriera a un hombre que iba a morir de un momento a otro. O quizá todo lo contrario, pensó después. Lo más lógico podía ser también que la vida, frente al espectáculo de la muerte cercana, se defendiera con un acto dictado por su desesperada espontaneidad: reaccionando en la forma en que acostumbra perpetuarse.

De todos modos Tranquilino prefirió deshacerse de aquella excitación. Recordar otras cosas. Llevaba cuarenta y tantos años de casado con Clotilde. A ver. Exactamente cuarenta y siete. En diciembre cumplirían los cuarenta y siete años juntos. Pero aunque fueran dos menos, si es que él había sacado mal la cuenta, en cuarenta y cinco años caben muchas cosas que pueden ser recordadas. El día de la boda Tranquilino tuvo un ataque de hipo y Clotilde le aconsejó que se tomara tres buches de agua mientras pensaba en tres viejas, una vieja para cada buche. La treta dio resultado, pero nunca antes pudo haber sospechado lo difícil que era acordarse de tres viejas, algo que parece tan sencillo, tan al alcance de cada cual. Se lo confesó riendo y, Clotilde, para comprobar, trató de acordarse de tres viejas, y efectivamente no pudo pasar de la segunda. Volvieron a reírse y las carcajadas sólo cesaron cuando, ya en la cama, los rostros empezaron a reflejar la seriedad de las caricias. Tranquilino comprobó que el nuevo recuerdo de la cópula, felizmente, esta vez no lo inquietó.

Así debieron nacer Luciano y Enrique. Luciano si viviera tendría ahora cuarenta y tres años, pensó Tranquilino, y Enrique cuarenta. Pero Enrique sí estaba vivo. O al menos de que hubiera muerto nada se sabía. Luciano había sido el más fuerte de los dos, el más atrevido, el que lógicamente estaba destinado a vivir sin que se supiera nunca su paradero. Enrique era tímido, asustadizo, no había razón para que no estuviera viviendo con ellos todavía. Pero el ejemplo de Luciano había influido negativamente. Poco antes de cumplir los veinte años Luciano se fue de la casa. Clotilde estuvo llorando la partida del hijo durante diez días con sus diez noches, sin pegar los ojos y sin permitir que nadie le ofreciera una palabra de consuelo. Al onceno día, sobre las diez de la mañana, abandonó el sillón de mimbre donde se había sentado a llorar, se lavó la cara en una palangana llena de agua serenada —que era la única que, según ella pensaba, podía lavar las lágrimas—, se cambió de ropa y regresó a los trajines de la casa como si nada hubiera ocurrido. Sin embargo, a menudo tocaban a la puerta de la calle y ella se sobresaltaba pensando que era Luciano. Dos años y tres meses después el sobresalto estuvo justificado: Luciano acababa de regresar.

Había perdido cuarenta libras y tenía unas ojeras tan pronunciadas que la piel bajo sus ojos parecía que se la hubieran amoratado a golpes. Tranquilino pensó que su hijo durante los últimos cinco o seis meses no había dormido siquiera una hora, pero se abstuvo de hacer el comentario. Clotilde no reparó en su aspecto físico. Tanto se había acostumbrado a la idea de que su hijo estaba muerto y se lo ocultaban piadosamente que de haber regresado con un brazo o una pierna de menos su alegría hubiera sido la misma. Muchas veces se sobresaltó, efectivamente, cuando tocaban a la puerta creyendo que era Luciano, pero eso ocurría sobre todo al principio de su partida. Con el tiempo llegó a hacerlo sólo para engañarse a sí misma, o para simular que creía en la posibilidad de que Luciano regresara o para conjurar con su credulidad ingenua cualquier desenlace fatal que el destino estuviera tejiendo contra su hijo. Y ahora pensaba que precisamente por eso Luciano estaba vivo, porque en ningún momento con su actitud dio pábulo a otra solución.

Entonces Luciano contó la causa de su partida y los pormenores de su vida durante el tiempo que duró su ausencia. Como había una razón de falta en casi todas las decisiones que se vio obligado a adoptar, Luciano con frecuencia se tornaba parco delante de su madre, recordando los relatos a su antojo, falseando los datos al extremo de caer en evidentes contradicciones o fabricando lagunas que la imaginación más desbocada no era capaz de salvar. Tranquilino sabía que su hijo se había llenado de desengaños de la cabeza a los pies y que dos años y tres meses fueron suficientes para que sufriera la pérdida de todos los valores morales que él le inculcó desde niño, pero lo alegró comprobar que al menos regresaba sin perder su inveterada costumbre de no hablar de mujeres delante de otra mujer. Claro que Luciano no hablaba de mujeres delante de Clotilde porque Clotilde era una mujer. Pero también era su madre, lo que para Luciano seguía siendo algo más que mujer. Quizá la noción de lo que significaba una madre era lo único que nadie había logrado arrebatarle en la vida.

Sofocando su ansiedad, Tranquilino esperaba que Clotilde no estuviera presente para hacer las preguntas que completaban la verdadera geografía del relato. Así supo que su hijo, desde un año antes de irse, entraba todas las noches en la casa de un rico comerciante de Mabujina, cuya mujer le abría sigilosamente la puerta de la cocina apenas la criada se iba.

Como el marido se entretenía hasta la madrugada jugando al prohibido, Luciano ocupaba su cama mientras no escuchaba el ruido de los pasos y la tos característica del comerciante, que talmente parecía anunciar su regreso para evitarse cualquier sorpresa incompatible con su dignidad. En la cama del comerciante Luciano aprendió las lides del amor, como discípulo primero y luego como maestro consumado de aquella mujer que todas las noches lo esperaba cubierto el cuerpo únicamente por un turbador refajo de satén, los cabellos sueltos sobre la espalda, descalza, que le abría la puerta con gestos pausados, con una lentitud provocada por el placer que ya ensoñaba, y que al cabo de diez o quince minutos olvidaba todas las reglas de la compostura y la precaución para dar las más sonoras muestras de agradecimiento a su joven amante. Comprendió así Luciano que en la misma forma en que podía mantener enhiesta su virilidad desde el instante en que la criada se iba y Victoria le abría la puerta hasta la hora en que el comerciante regresaba, es decir, por espacio de más de seis o siete horas todas las noches, también podría apuntalar, sin un solo desfallecimiento, el entusiasmo de cualquier mujer durante semanas y semanas si lo pretendiera. Más que darse cuenta lo imaginaba, porque sus jolgorios de amor habían sido hasta ese momento únicamente con la mujer del comerciante, los cuales tenían un tiempo limitado, y por lo mismo nadie le cronometró nunca la interminable batalla en que podía ponerse a prueba su infatigable fogosidad. Pero bastó con que él se lo imaginara o con que Victoria se lo creyera para que no se hablara de otra cosa en la misma cama donde el comerciante cada diez o quince días a lo sumo cumplía sus deberes con tal celeridad que la mujer a veces no sabía si en realidad ocurrió o lo soñó. «Es un gallo. O más rápido que un gallo. Y todavía alardea de eso», decía Victoria mientras Luciano se complacía en esperar su tercero, su cuarto, su séptimo desgarramiento, como un cantante espera los aplausos sin dejar de cantar. Sólo cuando escuchaba la tos del comerciante y sus pasos por la acera se ocupaba en complacerse a sí mismo, y terminaba triunfalmente la labor.

Unos meses más tarde el comerciante enfermó. Luciano no podía ahora encontrarse en la cama con Victoria y ni siquiera hablar con ella a solas. Sin embargo, gracias a un comentario que el doctor Troncoso hizo en la barbería se enteró que la enfermedad del comerciante era grave. «Cirrosis hepática», diagnosticó el doctor Troncoso, quien a la vuelta de los treinta años iniciaba el tránsito de sacamuelas a médico. De manera que no se trataba de ninguna enfermedad pulmonar como Luciano se dio a pensar desde el principio. De manera que la tos no indicaba nada. «Claro que sí indicaba algo —reflexionó en seguida Luciano y se echó a reir—, indicaba que él iba a llegar.» Quince días después el comerciante falleció y apenas se le dio sepultura, con grandes manifestaciones de duelo y acompañamiento de la banda municipal, Luciano recibió una carta de la viuda. En la hoja de papel, arrancada de una libreta de colegio, estaba escrita con rasgos nerviosos, apretados, una sola palabra: «Ven.» Luciano esperó que la criada saliera y que le abriera como otras muchas veces la puerta de la cocina. Cuando entró, Victoria le saltó encima. Estaba desesperada. Quiso desnudarlo con tanta precipitación que milagrosamente no le sacó la ropa a pedazos Luciano no sabía si sonreír o ponerse serio, y sólo se sintió dueño de la situación cuando se vio arrastrado hasta la cama por la mujer. Por vez primera no existía tiempo limitado, pensó. Era la batalla que había esperado y deseado. Luciano estaba dispuesto a que le midieran la duración, prolongando las sesiones hasta el asombro, o que la mujer concluyera pidiendo clemencia.

Como Luciano no solicitaba, ni por lo visto, parecía necesitar los entreactos que a todo actor le sirven para reponer fuerzas, ya hacía el amor ajeno a la posición de las constelaciones, a la salida del sol o de la luna, a la impaciente respiración de los carillones, a la marcha implacable de horarios y minuteros, Victoria no sólo pidió clemencia al cabo de dieciséis horas sino que le anunció, como prueba de gratitud, que se lo llevaría con ella a la capital de la república.

—Toda mi familia vive allá y yo no puedo estar sin ti —le dijo mientras le besaba en el vientre con sumisión.

Luego le explicó que la capital no sólo era una ciudad más grande que Mabujina, sino también un lugar donde un hombre con las excepcionales condiciones de Luciano podía hacer fortuna.

—Tener esta cosa así, tan terca, entre las piernas —dijo, y le tocó el miembro con la punta del dedo en un gesto de aniñada coquetería— es tener una carrera.

Luciano se vio cercado de dudas. No sabía cómo partir sin confesárselo a sus padres y, por lo menos, tenía la certidumbre de que Clotilde le iba a rogar que no lo hiciera, todas las veces que creyera necesario, hasta verlo desistir del propósito. Tranquilino quizá se pondría de su parte, pensó, pero evidentemente su ascendencia sobre Clotilde era escasa y terminaría también tratándolo de convencer para que no se fuera. Y decírselo únicamente a Tranquilino era peligroso: aunque lo conocía muy bien y no dudaba de su discreción y tolerancia, no sabía hasta qué punto era capaz de ocultarle un secreto a Clotilde. Apremiado por Victoria decidió el viaje intempestivamente, cuando aún no tenía resuelto en su mente el embrollo que significaba decirlo o no decirlo, decírselo sólo al padre o a los dos, o no decir nada. Así empezaron las interminables jornadas en que Luciano pasó del terreno de la pura imaginación a la comprobación casi matemática de sus facultades. Como Victoria se sentía más arrastrada por la vanidad que por la posesión egoísta y solitaria de un hombre, aunque ese hombre tuviera veinte años y la paciente temperatura volcánica de Luciano, inmediatamente comunicó el hallazgo a sus amigas y conocidas, que era como decir a casi todas las damas de la capital. Victoria se lo pasó a Gema y Gema, que tampoco era egoísta, se lo pasó a Cila, y Cila se lo pasó a Ernestina, y Ernestina a Olga María, y Olga María a Estrella, y Estrella a Raquel, y Raquel a Delia, y Delia a Margot. Cuando Margot se lo pasó a Brunilda ya Luciano no podía calcular las horas que sumaba su faena.

Apenas se fajaba los pantalones cuando empezaba a quitárselos otra vez. Durante semanas o meses pasó de unos brazos a otros con sólo pequeños intervalos para ducharse, comer algo y hablar unas pocas palabras con el único amigo que había logrado tener: Salvador. Luciano no necesitaba recuperarse. Cuando entró en la alcoba de Brunilda se sentía del mejor ánimo posible. Brunilda estaba casada, aunque era muy joven parecía mayor debido a su estatura y su peso. Vestida cualquiera la hubiera tomado por una mujer obesa, pero ya en la cama el más inexperto comprobaba de inmediato que la desmesura de sus proporciones se correspondía perfectamente con las leyes de la armonía, como esos peces que siguen deslumbrándonos con su belleza aun cuando los observemos agrandados por un cristal del acuario. No obstante, Luciano se deshizo de sus ropas despaciosamente, de modo que sus gestos se correspondieran también con las leyes de su oficio. Brunilda lo observaba sonriente mientras se acariciaba su largo pelo suelto, color de miel. Luciano la miró a los ojos, extrañado. Quizá como no la vio echarse en la cama perezosamente, buscando el refugio de la almohada como acostumbraban invitar las que quieren simular timidez, o como no saltó sobre él impulsada por la pasión, o como no hizo el menor ademán de tocarle un pie, zona por la que muchas mujeres prefieren aventurar el rumbo al principio como una señal de docilidad, Luciano calculó que en la actitud de Brunilda se instalaba una desconocida voluntad desafiadora. En cierto sentido no se equivocó, Brunilda continuaba sonriente, acodada en la cama, más atenta a su pelo que a cualquier otra cosa. De repente dejó de sonreír. Movió ligeramente los labios como si fuera a hablar, pero no pronunció una palabra. Volvió a la sonrisa y un minuto después de sonreír comentó:

—Todavía ningún hombre ha logrado encenderme la piel.

Luciano estaba tan seguro de sí mismo que no sintió molestia al escuchar el comentario. No se sentía ofendido, pero tampoco se enardeció ante la perspectiva de la primera resistencia que le ofrecía un adversario. Es decir, no se enardeció al extremo de romper las hostilidades sin medir la consecuencia de la acción, porque hubiera sido catastrófico para él no haberlo estado desde el principio, porque desde el instante en que se sacó los pantalones ya exhibía el motivo de su fama al máximo de tensión. Sin embargo, contra lo que esperaba, apenas pronunciadas esas palabras, Brunilda se acomodó en actitud de entrega. Dos horas después, quizá para demostrar que aún se sentía ajena a lo que estaba sucediendo, tan ajena que se había permitido bostezar varias veces, Brunilda volvió a hablar.

—Estoy viendo un muro —dijo.
—¿Dónde? —preguntó Luciano.
—Aquí, en mi mente —replicó Brunilda señalando.
—Y encima hay un pajarito que canta —dijo Luciano como si declamara.
—Cómo lo sabes? —preguntó la mujer.
—Porque tú eres una idiota —respondió Luciano.

Se puso de pie y se vistió justo en el tiempo que a Brunilda le llevó rascarse la ceja con la uña del índice, desconcertada. Pero como Brunilda estaba acostumbrada a decir siempre la verdad, salvo cuando debía ocultarle algo al marido, no tuvo empacho en recomendárselo a Enriqueta.

—Es un hombre al que no se le acaba nunca la respiración —dijo.

Y Enriqueta se lo pasó a Hilda, Hilda a Zoila, Zoila a Piedad, Piedad a Carmela de los Angeles y Carmela de los Angeles a Sofía. Llevaba ya entonces Luciano un año y dos meses haciendo el amor ininterrumpidamente y, como un gimnasta al que el ejercicio no logra sino acrecentarle sus facultades, hubiera podido seguir amando dos años más sin que su fortaleza física se viera amenazada. Pero se había hastiado de las mujeres. A muy pocas alcanzaba a recordar y no sólo porque eran las que más demoraron en pedirle clemencia, sino a causa de sus maridos. El marido de Cila lo sorprendió una noche en que el famoso abogado decidió regresar a la casa sin anunciarse. Luciano saltó de la cama al escuchar las primeras exclamaciones de la mujer que creía llegado el fin de sus días, bajó la escalera interior sin tiempo para ponerse más que los calzoncillos y sólo cuando llegó a la puerta de la calle estaba completamente vestido. El abogado disparó su pistola tres veces contra Luciano casi a quemarropa. Pero Luciano resbaló, cayó al suelo y ni una bala lo tocó. Había formado un reguero de brazos y piernas en el suelo, pero inmediatamente recogió su estatura y salió a todo correr. Una multitud, atraída por los disparos, se apiñó muy pronto frente a la residencia del abogado, quien no cesaba de repetir:

—Acabo de disparar contra un ladrón.

El marido de Raquel le ofreció menos tiempo para rehacerse de la impresión y menos oportunidades de escapar. Llegó sin ser escuchado hasta la puerta de la alcoba y la abrió. Raquel, asustada, se abrazó a Luciano en lugar de soltarlo. Luciano la empujó y avanzó desnudo hasta el centro de la habitación. El marido continuaba parado en la puerta en actitud amenazadora, aunque no había proferido una palabra. Era un hombre alto, musculoso, y tenía un cuchillo en la mano derecha. Luciano se sintió acorralado. Corrió hasta la ventana y sólo entonces se dio cuenta de que la alcoba ocupaba el séptimo piso del edificio. Si desde esa altura trataba de escapar por la ventana era hombre muerto. Pero de la ventana pendía una soga y sin calcular si había sido puesta allí para que él escapara en caso de peligro, o mucho antes, para que escaparan los que amaron a Raquel antes de él, anudó precipitadamente sus ropas alrededor del cuello, sobre los hombros, y empezó a bajar por la soga. Apenas había descendido hasta el quinto piso cuando advirtió que el marido estaba tratando de cortar la soga con el cuchillo. Miró hacia abajo, aterrorizado y comprobó que no tendría tiempo para descender por la cuerda y que irremediablemente iba a dar con su cabeza en el pavimento. Como la ventana de la alcoba del quinto piso estaba abierta se deslizó por ella. Dentro había una mujer trigueña en paños menores que se adhirió familiarmente a su cuerpo desnudo. Luciano tuvo que hacer el amor con aquella mujer por espacio de casi dos horas antes de que lo dejara irse.

El marido de Margot era un hombre de ademanes pausados y ojos lánguidos. Cuando los sorprendió juntos ya conocía mucho de las aventuras de Luciano. Les explicó que no se preocuparan por su presencia, que él no quería interrumpirlo, y al percatarse que pese a sus palabras la escena perdía animación, se inclinó a rogarles que pusieran más atención en lo que estaban haciendo. Margot se negó.

—Eres un perfecto degenerado —le dijo.

Cuando salió de los brazos de Sofía, la última de las amigas de Victoria que conociera de sus hazañas eróticas, Luciano decidió conducir su vida por nuevos rumbos. Gracias a los regalos de esas mujeres —todas casadas con hombres ricos— tenía ahorrados casi veinte mil pesos, una cantidad tan grande de dinero que a veces Luciano pensaba que no había modo de gastarla, pero que si no se ponía a producir iba a acabarse de todos modos. Se lo dijo a Salvador, el único amigo que le había demostrado fidelidad, y le rogó que le aconsejara en qué invertirlos de manera que sus vidas estuvieran a buen recaudo hasta que los sorprendiera la vejez. Salvador demoró seis días pensándolo, al cabo de los cuales le aconsejó comprar un ingenio azucarero que estaban vendiendo en la costa sur de la isla.

—Ahora el azúcar tiene un bajo precio y el ingenio se puede comprar por nada —explicó—, pero dentro de muy poco estallará la guerra mundial, los precios subirán hasta las nubes y nos haremos millonarios.

Sin detenerse a pensar cómo su amigo se había enterado de la inminencia de esa conflagración, y sin preguntarse siquiera si aquellos veinte mil pesos alcanzaban realmente para comprarse un ingenio, Luciano aceptó la idea. Delicias, la novia de Salvador, no consintió en la larga separación con el hombre que había prometido desposarla, y Luciano y Salvador tuvieron que permitirle que emprendiera el viaje con ellos. Ruidosamente llegaron los tres a la estación del ferrocarril y subieron al tren con destino a la ciudad de Matanzas. Dentro del vagón, medio adormecido por el ronroneo de la locomotora, Luciano se sentía más feliz que nunca. Contemplaba a Salvador y a Delicias, que estaban frente a él, ocupando un rígido asiento de madera, y casi sintió envidia de su amigo, quien había conseguido una mujer muy diferente a las que él trató y llevó a la cama sin otro pretexto que hacer el amor desaforadamente. Luego sacó la cabeza por la ventanilla y el espectáculo del manso paisaje rural que se tendía ante sus ojos lo trasladó vertiginosamente a Mabujina, donde había los mismos verdes en las plantaciones cañeras y los mismos olores a bosta y yerbas tronchadas en los corrales donde las vacas se dejaban ordeñar de madrugada, entre mugidos y cariñosos lengüetazos a los terneros. Apenas llegaron a Matanzas compraron tres caballos en la herrería del viejo Andrés y apuntaron hacia el poblado de Amarillas, donde estaba enclavado el ingenio que iban a adquirir. Durante la travesía el recuerdo de Mabujina se hizo taladrante para Luciano y por momentos le pareció que iba al encuentro de sus padres y de su hermano.

—Tú montabas un caballo bermejo con un lucero en la frente —interrumpió Tranquilino.

—Sí, y con un ojo azul y otro negro. ¿Cómo lo sabes? —interrogó Luciano.

—Me lo estoy imaginando —asintió Tranquilino. En realidad lo había soñado. Durante los meses posteriores a la partida de Luciano, Tranquilino soñó mucho con él. Y entre todos los sueños estaba aquel que, de tanto repetirse, llegó a hacerle abrigar la esperanza de que iba a ser confirmado por la realidad. En ese sueño Luciano acababa de salir vencedor de una temeraria empresa que bien podía ser cruzar una selva lejana, cuajada de elefantes y leopardos, o salvar un farallón sobre los cascos de su caballo, o, con mucha mayor posibilidad, derrotar a varios ejércitos enemigos como lo hubiera hecho cualquier otro libertador. Tranquilino se quedó con esta última opción porque en el sueño se escuchaban redobles de tambores y dispersos disparos de escopeta en señal de alegría. Durante largo tiempo consideró que el sueño no podía engañarle porque a él la política nunca le llamó la atención y, por lo mismo, era imposible que su deseo lo hubiera provocado. Además Luciano sonreía magnánimamente como deben sonreír los conductores de pueblos, y un guacamayo describió varios círculos a su alrededor hasta posarse en su hombro, lo que únicamente le ocurre a los elegidos. Y además, cuando llegó al primer poblado, siempre sobre su cabalgadura, las mujeres y los niños arrojaban flores a su paso hasta formar una alfombra que apagaba el fragor de los cascos. Sin embargo, como el sueño no se compadecía con la realidad, Tranquilino tuvo el pudor de no referirlo. Así que Luciano regresó a su relato. Llevaban Salvador, Delicias y él cinco días con sus cinco noches cabalgando, siempre rumbo a Amarillas, cuando decidieron acampar durante algunas horas para refrescar los caballos. Desataron las monturas y las depositaron junto al maletín en que guardaban los veinte mil pesos, debajo de una gran ceiba. Aunque el tronco espinoso de la ceiba no era el más apropiado para sentarse sobre la fresca yerba que lo rodeaba y apoyar sus espaldas durante las horas de descanso, se decidieron por el hermoso árbol a causa de la vasta sombra que proporcionaba. Acostados bocarriba se pusieron a mirar, por entre las ramas de la ceiba, las caprichosas formas de las nubes que se deslizaban despaciosamente por el alto cielo y a compararlas con animales, viejos de largas barbas y carpas de circo. Cuando para Luciano alguna nube adquiría las formas de una mujer acostada guardaba silencio en consideración a Delicias. Casi estaban rendidos por el sueño cuando Salvador se brindó para ir a buscar agua a un río cercano. Luciano se durmió. Luego despertó sin saber si había dormido algunos minutos o varias horas. Delicias lo contemplaba sonriendo.

—Me han dicho que tienes un delicioso vino de Oporto —le dijo Delicias quien, como había comprobado Luciano, gustaba de emplear el adjetivo delicioso para todo, seguramente porque le recordaba su nombre.

Luciano no comprendió qué quería decirle porque él no traía ningún vino consigo. Entonces Delicias levantó su mano y con la larga uña de su índice, que había perdido casi toda la pintura durante la travesía, señaló hacia el pantalón de Luciano mientras exclamaba:

—Vaya, te estás dando mucha importancia. No me hagas creer que tiene un diamante en la punta.

Luciano, que llevaba más de una semana sin estar con mujer, hecho al que no acababa de acostumbrarse, se deslizó sobre Delicias. Y cuando Delicias casi trece horas después le pidió clemencia, Luciano se zafó de ella con un sobresalto, recordando que Salvador podía regresar y encontrarlos juntos. Del sobresalto pasó prontamente a la extrañeza, calculando que era demasiado el tiempo empleado por Salvador para ir a buscar agua al río, y de la extrañeza pasó a las exclamaciones de asombro y a los lamentos al descubrir que el maletín con los veinte mil pesos no se encontraba ya junto a las monturas, al pie de la ceiba.

—Hace rato que yo me había dado cuenta de que

Salvador quería deshacerse de nosotros —dijo Delicias—, pero no sabía que era para quedarse con el dinero.

Luciano no podía creerlo. Salvador era su más fiel amigo, nunca se le vio inclinado a acostarse con mujeres únicamente para sentir placer y comentaba que su primera aspiración era hacer dinero honradamente. Pero muy pronto tuvo que rendirse a la evidencia y consolarse con la idea de que, por lo menos, después de la pérdida de su dinero había alcanzado el aprecio de una mujer distinta. Porque le constaba que Delicias estuvo con él impulsada por un impetuoso y a la vez cicatrizante sentimiento de amor. Tras entregarse a varios pensamientos que tenían la consistencia fofa de la ceniza y su color grisáceo y su presencia de irremediable tristeza, como suele ocurrirle a los que llegan al jolgorio fortuitamente y a los que como ellos acababan de asistir al derrumbe de una ilusión que parecía muy bien apuntalada, Luciano y Delicias convinieron en que lo más acertado era regresar a la capital, sorteando todos los obstáculo que pudieran presentárseles. Apenas cabalgaron un kilómetro, atravesando un campo de pangola que crecía hasta las barrigas de sus caballos, llegaron a un tortuoso camino de piedras que ya habían transitado en dirección opuesta. En el camino estaba parado un hombre flaco, más bien avejentado que viejo, quien miraba a un lado y a otro como si esperara algo. Luciano detuvo su caballo y por simple curiosidad le preguntó que si quedaba muy lejos de allí un ingenio azucarero que estaba en venta. El hombre contestó gangeando:

—Por-po a-a-aquí no-no hay nin-nin-gún in-in-in-ge-ge-nio.

Alzaba los brazos y mostraba las palmas de las manos al hablar. Luego, mientras cabalgaban nuevamente, pasó junto a ellos un carretón que una mula flaca y despeluzada arrastraba, y el carretonero los saludó con la mano, pero Luciano lo saludó también sin preguntarle otra cosa. Anochecía cuando Luciano y Delicias sintieron que a medida que entraban en la dulzura de las sombras los penetraba una vaharada de pasión como si los recuerdos de la noche anterior se conjuraran para desmontarlos de las bestias y obligarlos a hacer el amor en una alcoba de paraná, semillas desprendidas y hojas crujientes. Cuando el alba los sorprendió habían perdido sus caballos, y Delicias angustiada por el despojo de lo único que les quedaba, se quejó amargamente de Luciano por no haber estado vigilante e impedido el robo de las cabalgaduras.

—Siempre me ocurre igual cuando me acuesto con una mujer. Me desentiendo de todo —dijo Luciano.

Como no tenían dinero para adquirir alimentos Luciano se ofreció en las fincas por las cuales pasaban para hacer algunos pequeños trabajos y ganarse el sustento honradamente, pero los campesinos los miraban con recelo en tanto explicaban que una prolongada sequía obligaba a no hacerse ilusiones con la tierra por ahora, y terminaban aconsejándole que preguntaran más adelante. En la finca de un hombre que mostraba unos brazos azafranados bajo su camisa de mangas largas hecha jirones, y una cabellera roja como las llamas, Luciano sacó agua de un pozo, tirando fuertemente de la soga que pasaba por una roldana herrumbrosa, porque era el único trabajo que le ofrecieron, y al cabo de nueve horas de sacarla recibió como pago dos platos de comida en lugar de dinero. Delicias volvió a quejarse de su mala suerte. No llegó a hablar de la mala suerte que la perseguía desde que estaba a su lado, pero Luciano barruntó la posibilidad de que estuviera pensándolo. Luego se consoló con la idea de que Delicias era distinta a las demás mujeres y que hablaba así sólo a causa de aquel infierno de contratiempos que estaban cruzando. Pero Delicias arreció con sus quejas y al cabo de la tercera noche se fugó con un tratante de ganado que le ofreció las ancas de su caballo. Llevaban casi una semana sin comer otra cosa que aquel plato de tasajo que les entregó el hombre de azafrán, de manera que el hambre, pensó Luciano, era la mala consejera de Delicias quien, en otras condiciones, nunca lo hubiera abandonado. También se aventuró Luciano a pensar que el tratante pudo haberla engañado o forzado a irse con él, y aunque sentía irreprimibles deseos de salir en su búsqueda y rescatar a Delicias, se vio imposibilitado de hacerlo porque el otro hombre ganaba constantemente tiempo gracias a la buena marcha de su caballo y porque además se sentía sin fuerzas para emprender la tarea. No quería pensar mal de Delicias, aunque todo la acusaba. Decididamente debía pensar mal. Apenas llegaron los dos a una bodega situada en la encrucijada del camino que conduce a Corral Nuevo y del que podía seguirse hasta la ciudad de Matanzas, el tratante comenzó a fijarse descaradamente en Delicias, quien tenía un desgarrón en la saya de su vestido y buscaba hilo y aguja para remendarlo, y que a falta de ellos unía dentro de su mano apretada, sin llamar mucho la atención, los dos bordes de la tela que, sin ese cuidado, hubieran dejado al descubierto una turbadora porción de su piel. Obsequiosamente el tratante —que ahora caminaba sin pausas de un lado a otro como complacido de sentirse perseguido por el tintineo de sus espuelas— le aconsejó a Luciano que se llegara hasta una finca cercana donde podían darle trabajo, en tanto que Delicias descansaba un rato. Cuando Luciano regresó, al anochecer, sin haber alcanzado su propósito, descubrió que Delicias y el tratante no se encontraban en la bodega. Las gentes del lugar sonreían con sus bocas prietas como hendijas en mitad de los rostros iluminados por mechones de querosene; a su turno fueron asegurando con distintas palabras que no sabían nada de lo sucedido. Uno solo de los presentes parecía dispuesto a darle las noticias, pero como era mudo inició una oscura telegrafía de gestos y señales con los dedos, a través de la cual la única conclusión que Luciano podía sacar era que una manga de viento se los llevó.

Cuando Luciano siguió viaje, sin esperar a que el alba despuntara, se dijo que en las indescifrables señales del mundo había también mucho de burla y que nadie se compadeció de él, pese a que lo veían hambriento, cansado, y lo que era todavía más doloroso, golpeado por el ridículo. En una fracción de segundo le llegó el recuerdo de Clotilde y de sus repetidos consejos de que actuara siempre correctamente. Pero como estaba demasiado agotado para sostener tantas reflexiones, únicamente pensó que le había ido mucho mejor cuando se portaba como un libertino. Claro, que mientras estuvo con aquellas mujeres nunca pensó que era un libertino, y se acostaba con ellas con una inocencia casi deportiva. Sólo ahora, porque recordaba las palabras de la madre, que solía hablar del bien y del mal, vislumbró que en el escándalo sin sobresaltos de sus pasados juegos de amor estaba presente el pecado, pero también que, de no haberse arrepentido, aún estaría disfrutando soberanamente, porque ese era su destino y él lo había tronchado. Muy distinta sería su suerte, pensó, si hubiera comprendido a tiempo que estaba en el camino de la perdición y que no debía separarse un milímetro del terreno que pisaba. Ahora que los acontecimientos pedagógicamente lo maltrataban alcanzó a darse cuenta de que los sufrimientos llegan apenas empieza a despertarse la conciencia. Pero realmente estaba más que agotado y no debía siquiera pensar: para llegar al desfallecimiento le bastaba con caminar, caminar y caminar, con que sus zapatos ya casi gastados por las suelas golpearan contra las piedras salientes del camino mientras calculaba que un puñado de estrellas a lo lejos podía indicar la presencia de un nuevo caserío.

Un mediodía, sudoroso, bajo un sol que dolía en sus espaldas como latigazos, Luciano llegó a Matanzas. Habían pasado otros dos días, o tres, y durante el trayecto únicamente ingirió agua y algunos pedazos de boniato cocido que le ofrecieron manos campesinas, salvo aquella tarde en que encontró a su paso un guayabal silvestre y se dio a desprender de los gajos, con premura, las guayabas más olorosas y amarillas, y a comerlas hasta hartarse, prescindiendo también de toda paciencia, mientras sus ojos, más insatisfechos que su estómago, proseguían tratando de descubrir entre la tupida razón ejemplares de mayor tamaño, de pulpa más jugosa, cuyo descubrimiento lo llevaba a desprender las apetitosas frutas con el auxilio de una vara de eucalipto, ahora que el hartazgo y el cansancio no le permitían subir nuevamente por el tronco y aventurar el brazo extendido por entre las ramas más altas.

Cuando Luciano vio las primeras casitas de Matanzas, con la bahía detrás —que a veces no podía precisar si era la bahía o el cielo al revés—, estuvo al borde de echarse a llorar. Pero se contuvo mordiéndose el labio superior hasta hacerse daño. No podía permitirse ese desahogo, al que no recurrió antes, que no necesitó en los peores momentos, y que comenzaba, inexplicablemente, a exigirle lágrimas justo cuando debía estar más contento. En Matanzas mendigó el pasaje para el tren y al fin se vio en rumbo seguro hacia la capital. Su cara sin rasurar y sus ropas sucias le quitaban todo atractivo para las mujeres, pero como el oficio de conquistarlas era el más provechoso que conocía, pensó prontamente en buscar a Victoria. Sin embargo, empezó por la última que había estado con él: Sofía. Y tanto se extrañó Sofía de verlo en condición tan lamentable que estuvo a punto de desmayarse y luego de retroceder con espanto y rechazarlo, pero muy pronto se vio ganada por un irrenunciable romanticismo, aquel mismo sentimiento que desde niña la llevaba a guardar esqueletos de orquídeas en los libros y a soltar largos suspiros mientras rememoraba el paso de algún galán bajo el balcón al que ella se asomaba todas las tardes. De esta suerte se confortó con el pensamiento de que Luciano regresaba de una aventura ideal y quiso poseerlo antes de que el hombre procediera a su aseo, como una vía de participación en lides que imaginaba dictadas por la temeridad. Así Sofía se lo pasó a Carmela de los Ángeles y Carmela de los Ángeles a Piedad. En ese recorrido en dirección inversa hubiera llegado nuevamente hasta Victoria. Sin embargo, el destino con frecuencia aborrece las monótonas repeticiones. El marido de Piedad había sufrido tantos reveses económicos que acababa de caer en bancarrota y Piedad no sólo estaba del peor ánimo para procurarse amantes, a los que no podía regalarles un solo centavo, sino que empezaba a ser presa de remordimientos que a menudo no le permitían siquiera conciliar el sueño. Acosada de un sentimiento de culpabilidad, creía ver en sus desahogos eróticos el origen de la catastrófica situación financiera que atravesaba la familia, aparte de que su hija menor, Gisela, una bellísima criatura de siete años de edad, estaba sintiendo los rigores del asma, en lo que también Piedad alcanzaba a descubrir los designios de una inflexible voluntad castigadora. Piedad rápidamente se desembarazó de él, pasándoselo a Zoila, y Zoila, en quien cada día se acrecentaba la vanidad, tomó la nueva aparición de Luciano como una prueba del hechizo que ella ejercía sobre aquel hombre. En consecuencia, demoró tanto la entrega de su cuerpo y le hizo víctima de tantos menosprecios que Luciano, exasperado y ofendido, por poco llega a aplastarle el rostro con su puño. Después de aquella escena cargada de violencia, Luciano no podía esperar que Zoila lo condujera a los brazos de Hilda. Así rompió un eslabón de la cadena que lo hubiera devuelto a la viuda del rico comerciante de Mabujina. Se procuró otras mujeres desordenadamente. Ahora no hacía el amor como antes, con la alegría que le proporcionaba demostrar su indeclinable virilidad. Estaba resentido, sentía una mezcla de odio y repugnancia en medio de la posesión, y una noche, en la cama vio, mentalmente, como Brunilda, un muro desportillado, con las huellas húmedas de las enredaderas que habían trepado antes por la superficie. Y también como en la visión de Brunilda, un pajarito cantaba tristemente posado en el muro. En ese instante sintió que un frío de hielo se le aposentaba en la entrepierna y su enhiesta apostura declinó. Y apenas se deshizo, sin mucho esfuerzo, de los abrazos de aquella mujer así defraudada, que estaba a punto de carcajearse mientras él se fajaba los pantalones. Luciano decidió entrar en una taberna y pedir un trago. Día tras día, durante semanas y meses, repitió la visita a la taberna, donde ahora descorchaba botellas de ron, de anís o de aguardiente, con la misma avidez con que poco antes desnudaba mujeres. El alcohol y la amargura concluyeron por minar su vitalidad, hasta que llegó el momento de comprobar que, en materia erótica, ya no respondía a ningún estímulo.

Llevaba dos años y dos meses sin ver a su familia. Entonces, como un conquistador clava los ijares de su caballo apenas el último de sus soldados ha muerto, con la señal de su derrota bajo la ingle, incapacitado para acercarse a una mujer o para dejarse sonsacar por ella durante el resto de su vida, Luciano decidió regresar a Mabujina.

En la casa lo recibieron con los brazos abiertos. Clotilde se dio en seguida a cocinar para él los platos que más le gustaban: congrí y masas de puerco fritas a las que añadían trozos de yuca hervida que se desmigajaban, guineos y pollos asados que exhibían su tostada piel como cáscaras crujientes, y a los postres, humeantes pozuelos de arroz con leche donde afloraban las rajitas de canela y el anís. Por su parte Tranquilino, como si tuviera la intuición de que el hijo necesitaba con urgencia algún consuelo, no cesaba de ponderarle el buen aspecto físico de que carecía y de decirle que seguramente era capaz de subir a la frondosa mata de mamoncillo que crecía frente a la casa con la misma presteza de antes o de atrapar un toro al primer envío del lazo o de sofocar los impulsos de un potro cerrero. Y Enrique, quien desde la llegada del hermano no hacía otra cosa que seguirlo con los ojos y sonreír casi idiotamente en su presencia, lo acompañaba todas las tardes al río donde se bañaron juntos de niños y donde ahora se daban otra vez juntos un refrescante chapuzón, en medio de los mismos gestos y gritos que ya casi tenían olvidados. Pese a la minuciosa observación de Enrique no pudo advertir, sin embargo, lo vaciado que se encontraba Luciano de toda genuina alegría y de lo parecida que era su risa al sonido de una campana que recién empieza a rajarse. La explicación era sencilla: cuanto se refería a Luciano, Enrique estaba acostumbrado a transformarlo inmediatamente mediante la prestidigitación de su propia fantasía.

No resultó por eso casual que Enrique fuera el iniciador del asedio en torno a Luciano para que contara sus aventuras y tampoco que fuera el primero en desentenderse de ellas en cuanto comenzaron a apartarse de las ideas que él se había hecho. En cambio, Tranquilino tenía cada vez un interés mayor en escucharlas, aunque tampoco se compadecieran con su sueño del caballo bermejo y el guacamayo en el hombro. Mientras Luciano avanzaba en el relato, Tranquilino abandonó la sorpresa inicial para sumergirse en un irreprimible orgullo, orgullo de que su hijo supiera responder con tanto desenfado y eficacia a los requerimientos de cuanta mujer le saliera al paso, orgullo de que su sangre, al repetirse en otro hombre, fuera capaz de tan grande hazaña. Luego, al conocer el desenlace, se llenó de una conmiseración hasta las lágrimas, y no cesaba de lamentar que su hijo se viera obligado a llevar desde ese instante la vida de un volcán apagado.

Enrique no creía una palabra de lo que Luciano contaba. Apenas Clotilde se iba a la cama y los tres hombres se quedaban solos en el comedor de la casa, Luciano tomaba el hilo de la conversación, enhebraba el relato justo en el punto que había quedado la noche anterior y seguía adelante. Mientras duraba su charla apenas abandonaba el asiento y cuando lo hacía era sólo para acercarse por un momento al tinajero, llenar de agua un vaso y tomárselo. Enrique entonces pretextaba que tenía sueño y se iba a la cama, aunque pasaba un buen rato bocarriba sin pegar los ojos. Enrique también había tenido un sueño parecido al del caballo y el guacamayo, pero lo había soñado despierto. De este modo el sueño era menos espontáneo y a la vez más libre, más propicio para urdir la trama durante las interminables horas de la vigilia, mientras sus párpados se negaban a cerrarse y desfilaban por allá dentro las imágenes y sonaban las voces y gesticulaba Luciano. En ese sueño Luciano adquiría los perfiles del perfecto conspirador. Incesantemente acopiaba armas y dinamita y redactaba proclamas incendiarias dirigidas a preparar las conciencias para un próximo levantamiento que no se haría esperar. Su regreso a Mabujina podía ser, pues, un paréntesis en la lucha, un modo de rehacer los nervios o de templarlos para el momento decisivo, o también, lo que era más previsible, la búsqueda de un lugar donde desencadenar la acción, un lugar que como Mabujina resultaba insospechable de toda rebeldía. Enrique imaginaba que una vez triunfante la insurrección popular, terminaría al fin el espectáculo de las madres sin alimentos para los niños y de los hombres sin trabajo, que ahora se veían obligados a hacer interminables colas bajo el sol en las fincas aledañas para trabajar, cuando la suerte los favorecía, largas jornadas a cambio de unos pocos pesos. Sí, para eso estaba Luciano ahora en Mabujina y sus cuentos de mujeres no eran otra cosa que el medio de ocultar sus verdaderos propósitos, de no inquietar a Tranquilino o de evitar que una indiscreción echara a rodar por tierra los pacientes preparativos. Con él, con Enrique, que compartía sus ideales, hubiera podido hablar francamente, pero él tampoco se había confiado a nadie, y, por lo mismo, Luciano estaba ignorante de que en el hermano menor encontraría uno de sus más abnegados soldados. Muchas veces se sintió inclinado a decírselo, pero la timidez lo vencía o el temor de que Luciano, para no comprometerlo, se echara a reír hasta desquijararse y volviera al relato de sus mujeres.

Durante una semana Luciano no quiso salir de la casa y los parientes y amigos que estaban deseosos de saludarlo tuvieron que deshacerse de la idea de que era Luciano a quien le tocaba ir a verlos, para decidirse a correr hacia la amplia casa de madera y tejas canaladas donde aquel hombre parecía dispuesto a guardar largo enclaustramiento. Era la única forma que encontraban de complacer la impaciencia y la curiosidad. Pero al cabo de la semana Tranquilino y Clotilde insistieron en que Luciano debía darse una vuelta por el pueblo. Salió, pulcramente vestido de blanco, sobre las cuatro de la tarde. A las cuatro y diez minutos estaba muerto. Un hombre bigotudo, evidentemente con trazas de no ser de Mabujina, a quien nadie había visto nunca, le disparó por la espalda mientras Luciano caminaba confiadamente y cuando lo vio caer se le acercó y disparó nuevamente con su revólver. Entonces lo golpeó con su zapato en las costillas y lanzó una palabrota que nadie se atrevió a repetir nunca. Sencillamente era una mala palabra, una interjección brutal que no aclaraba el móvil del crimen y que, por lo tanto, no merecía ser repetida. Clotilde, que estaba tan acostumbrada a las sucesivas muertes de su hijo, que lo había visto morir en su lacerada imaginación de tan variadas formas, afrontó el hecho con increíble serenidad. Quizá ya había llorado por adelantado durante los días posteriores a su partida todas aquellas muertes imaginarias y esta única verdadera e irrebatible. Tranquilino maldecía sordamente y no cesaba de repetirse que los brazos de un marido burlado son tan largos como para llegar hasta el fin del mundo, y Mabujina era mucho más fácil de localizar que ese hipotético final. Si el matador no era uno de esos maridos cuyas mujeres se entregaron a Luciano, tenía que ser algún hombre pagado por cualquiera de ellos, quizá por el que menos ahora podía sospecharse. Apenas disparó, el asesino corrió, dobló en varias esquinas y se perdió en medio de un silencio tan abrumador como el de su llegada. Enrique creyó más que nunca en la certeza de sus reflexiones. Así mueren muchas veces los conspiradores, se dijo, en una emboscada, a traición, porque nadie se atreve a matarlos de frente, sosteniendo las miradas de sus ojos magníficos.

Ese mismo día Enrique decidió abandonar Mabujina. Temía correr la misma suerte del hermano mayor. Aunque a nadie, absolutamente a nadie, había referido sus pensamientos, se sentía tan identificado con Luciano y tan comprometido con sus propósitos que, evidentemente, alguien debía estar sobre la pista y vendría a procurarle una muerte igual.

Sin que concluyeran los preparativos del entierro de Luciano, después de mirarlo largamente dentro de la caja, de observar sus inmóviles párpados dormidos para siempre, tras despedirse del hermano muerto con el juramento de que sería como él y de que viviría para vengar el asesinato y para procurar la felicidad de los demás como su hermano la había procurado, Enrique salió de la casa sin ser observado por nadie, se metió por las calles menos transitadas y dejó atrás el último rincón del pueblo en el que había nacido y respirado durante casi veinte años.

Al saberlo Clotilde no se sentó a llorar en el sillón de mimbre por espacio de diez días con sus noches como hizo cuando Luciano partió. Lo sabía, pero no lo creía. Para ella era imposible creer que aquel hijo tan tímido, tan asustadizo, que se pasaba todo el santo día escuchando cantar los tomeguines y los sinsontes en la enorme pajarera que él mismo había construido en el patio con tela metálica y algunos listones de cedro, fuera capaz de salir, como lo había hecho Luciano, a enfrentarse resueltamente con el mundo. Así que no derramó una sola lágrima y continuó hora tras hora esperando su inminente regreso, y aún ahora, tantos años después, lo esperaba como el primer día, y aún ahora se decía que el único capaz de disuadir a Tranquilino era Enrique si regresaba, como ella esperaba, de un momento a otro. Enrique le diría que no era necesario morirse. Y Tranquilino, que iba a morir con sólo desearlo, sin estar aquejado por ninguna enfermedad, variaría su propósito, complaciendo al hijo más chiquito que acababa de volver a casa.

Alrededor de veinte años llevaban también Clotilde y Tranquilino sin conformarse con la pérdida de sus dos hijos. Sin embargo, Tranquilino nunca creyó en el regreso de Enrique. Tampoco parecía desearlo. «Si regresa es hombre muerto, se decía. Morirá en seguida de un tiro por la espalda como Luciano o de muerte natural. Pero morirá de todos modos.» Quizá lo decía solamente para suavizar el dolor del último alejamiento, pero lo decía con la convicción entera y profunda que las gentes usan para engañarse. De modo que Clotilde y él estaban irremediablemente solos. Una soledad mucho más difícil de sobrellevar por cuanto nunca se acostaban juntos con otro propósito que el de dormir. No era por la edad. Muchas veces Tranquilino deseó hacerlo con el propósito original, con la idea que logró unirlos cuando eran jóvenes, y calculó que podía hacerlo tan satisfactoriamente como antes. Pero desde mucho antes de la pérdida de los dos hijos tampoco se acostaban para hacer el amor. Acaso desde poco después del nacimiento de Enrique. Sí, desde entonces. Cuando nació Enrique, Clotilde estuvo muy grave a resultas del parto. Durante un mes se temió por su vida. Su pecho parecía un fuelle al que se le iba el aire poco a poco pero sin remedio, y la piel de sus brazos y de su cara estaba transparente, y las venas se dejaban ver en tal forma que parecía que nunca antes las hubiera tenido y que la enfermedad le creó aquel minucioso tejido azul. Pero luego se recuperó como se recuperan solos los animales del monte, al principio también poco a poco y más tarde de un modo súbito, providencial. Aquel día se despertó, cambió el blusón rosa que usaba en la cama por un vestido de percal, se puso en pie y empezó a trabajar en la cocina. Como siempre. Como desde que Tranquilino la trajo a la casa. Hasta ese momento Tranquilino había estado con sus urgencias de amor, pero había sabido sofocarlas. La ternura y la lástima de verla enferma bastaron para ayudarlo a refrenar todos los impulsos. Ahora era distinto. Ahora ella estaba bien. Tan joven y bonita como antes. Igual que él la había conocido y empezado a desearla y quererla. De modo que viéndola moverse en la cocina, alrededor del fogón, mirando sus caderas, decidió que esa noche volvería a hacer el amor.

No fue posible ya nunca más. Durante los días de la convalecencia Clotilde y Tranquilino llegaron a saber que no podrían concebir nuevamente un hijo, salvo que Clotilde se expusiera a una muerte casi segura. Convinieron en que no hacía falta otro muchacho en la casa, que Luciano y Enrique les proporcionarían toda la felicidad posible. Pero en Clotilde estaba muy arraigada la creencia de que las mujeres decentes se acostaban únicamente para procrear y que hacer el amor por otras razones, simplemente para darse gusto, era pecado. Lo había dicho un cura que estuvo entre los fundadores de Mabujina y su madre lo repetía constantemente. Clotilde se negó a los requerimientos de Tranquilino y le dio la explicación.

—Pero nosostros no somos animales —objetó Tranquilino.

De buena gana hubiera salido a buscar al cura para discutir con él en torno a aquella idea que consideraba descabellada. Pero el cura no existía, había muerto o desaparecido. Quizá la primitiva iglesia, si es que la hubo —porque todos los pueblos parecen formarse a partir de una iglesia—, se destruyó porque estaba mal edificada o a causa de una gran herejía. Pero el caso es que en Mabujina no había iglesia. Ni un cura. Faltaban siete años para que erigieran en Mabujina la primera iglesia, la que todos conocían, y llegara al pueblo el padre Leonardo de la Caridad. Tranquilino, por lo tanto, nunca había visto un cura, pero se los imaginaba vestidos de negro, con sotanas como las plumas de un aura tiñosa. Los odió, sin conocer uno solo los odió. Fue un odio instantáneo, fulminante, que lo acompañaría hasta la muerte. Entonces pensó discutir el asunto con la madre de Clotilde y no se atrevió. «Con las mujeres es muy difícil hablar de estas cosas —pensó—. Con las mujeres que no son de uno.» Sin embargo, Tranquilino no se dejaba convencer y seguía pensando que era de animales acostarse únicamente para tener hijos y verlos crecer, y que los seres humanos, porque eran más inteligentes, se procuraban ese placer. Insistió todas las veces que le fue posible y en todas las formas imaginables. En la forma que creyó más eficaz: tratando de encenderle el apetito a Clotilde, permitiendo que en la cama su muslo rozara con el de ella —que se acostaba ahora siempre vestida—, acariciándola con la misma ternura que empleó durante los días que demoró su convalecencia. No logró absolutamente nada, salvo que Clotilde lo mirara a veces como puede mirar un ave asustada, temerosa de caer en pecado y también rogándole sin palabras que, por favor, no la pusiera en el disparadero de tener que rechazarlo con brusquedad. Aunque evidentemente Clotilde estaba dispuesta a hacerlo si hubiera sido necesario. Lo demostró cinco años más tarde, cuando Tranquilino ya había perdido la inexperiencia de los primeros momentos y se dijo que con caricias no podría ya sonsacarla y consideró llegado el momento de emplear métodos más drásticos. Quiso forzarla y Clotilde enlazó sus muslos como una culebra que se adhiere al tronco de un árbol, un muslo sobre otro apretadamente hasta impedir todo acceso. Esa fue la única oportunidad en que Tranquilino la abofeteó y también la última vez que solicitó sus favores.

En ese mismo instante Tranquilino pronunció una frase que sonó como una bofetada.

—Tú crees más en el diablo que en Dios —le dijo.

Clotilde no supo qué le dolió más, si el golpe o la frase. Desde niña creía en Dios. Nunca la enseñaron a creer en otra cosa ni a pedirle ayuda a nadie más cuando estaba en apuros. Y ahora Tranquilino le decía que creía más en el diablo que en Dios, que era como decir que lo amaba también mucho más. Y ella odiaba al diablo y lo temía, mientras lo temía más lo odiaba, y justamente por odiarlo se había negado a dejarse tentar por él y caer en pecado, pese a que muchas noches cuando Tranquilino la buscaba y la acariciaba ella tuvo que hacer acopio de todas sus fuerzas para resistir y tuvo que secar sus lágrimas con la punta de la sábana, secretamente, para que Tranquilino no lo supiera, para que no advirtiera que estaba tan desesperada como él y tan próxima a caer y tan necesitada de olvidar, de pensar en otra cosa para no hacerlo.

Clotilde odiaba al diablo. Lo odiaba y lo temía. Por eso no podía admitir sin asombro, y sin sentirse ofendida, que Tranquilino dijera que ella debía creer más en el diablo que en Dios.

—¿Por qué lo dices? —preguntó con los ojos muy abiertos.

—Porque si Dios es bueno como dicen no puede desear que uno sea tan desgraciado.

Clotilde se sintió conmovida. Pero resistió una vez más. Fue también la noche que más trabajo le costó resistir pese a que la bofetada debió hacer más obstinada su negativa. A Tranquilino aquella frase le había salido desde el fondo de una gran urgencia, de una lacerante necesidad de comunicación, y ella lo sabía. Pensó, sin embargo, por encima de todos los curas y de todas las advertencias de su madre, que aunque aquel hombre necesitaba amor ella no podía ofrecérselo a cambio de perder para siempre la paz interior.

Tranquilino fue el primero en desear abandonar la casa. Mucho antes de que sus hijos lo pensaran y lo hicieran, concibió la idea de que en otras zonas del mundo podía rehacerse la vida de cualquier hombre, hasta el punto de sentir otra vez la sangre corriendo por sus venas. Porque en Mabujina él estaba muerto o iba a morir si no tomaba desesperadamente esa salida que le exigían todos sus instintos vivos, indiferenciables, que no podían confundirse con las otras necesidades de la existencia. No se atrevió. Pensó en sus hijos más que en él. Y eso que en Mabujina, sin dejar a Clotilde, él no podía acercarse a ninguna otra mujer. Y a Clotilde tampoco podía abandonarla. Mirándolo bien, tampoco podía hacerlo. Por varias razones: por lo que todo el mundo iba a comentar y también por él, porque estaba aficionado a ella, a vivir a su lado. «La fuerza de la costumbre», se dijo, como dándose consuelo.

De modo que no se fue. Empezó a llenar el vacío que le dejaban sus insatisfechos apetitos de amor con trajines adicionales a su trabajo, a diluirse más en la vida de sus dos hijos. Elaboró juguetes para ellos, desde los más simples, que podían consistir en imaginar una yunta de bueyes donde sólo había dos botellas de vino seco vacías cuyos picos él amarraba convenientemente con un cordel, hasta los más complejos, los que le llevaban semanas elaborarlos, y que cuando eran accionados realizaban acrobacias como en los circos que pasaban fugazmente por Mabujina. Para hacer esos juguetes sólo utilizaba semillas secas y güines, lo demás lo ponía el ingenio. Así empezó la industria casera de las figuras de yeso, porque desde el principio le salieron tan bien los juguetes que todos querían que Tranquilinos les hiciera juguetes iguales para sus hijos y porque una tarde Clotilde aguzó también su ingenio y le aconsejó empezar a venderlos. Los próximos juguetes que elaboró los vendió en seguida. Con ese dinero compró un par de zapatos nuevos para Luciano que ya tenía estropeados los que usaba. Se sintió feliz. Miraba y remiraba los zapatos como si también hubieran sido elaborados por sus manos. Con ese orgullo.

Tardó tres años más, sin embargo, en concebir la idea de que el yeso podía emplearse en adornos, cosa que a nadie se le ocurrió antes en Mabujina. Empezó también por figuras simples y pequeñas, por una paloma chiquitica, seguramente hembra porque tenía el pecho pequeño; luego hizo otra con el buche más abultado y pensó que era macho. Más tarde las hizo de tamaño natural, exactamente como las que andaban por el tejado. Había aprendido a manejar sus dedos con soltura, y las palomas salían de la humedad del yeso con tanta rapidez como si las hubiera estado ocultando vivas entre sus manos apretadas y las soltara de pronto. Así ideó pintarlas, porque hasta ese momento todas eran impecablemente blancas, con la blancura original del yeso: un golpe del pincel y allí estaba brillante el pico rojo de la paloma, dos golpes más y las patas eran rojas como las de una paloma de verdad. A veces dos golpes más, pequeñitos, y eran dos ojos como el rubí. Siempre el blanco y el rojo, el rojo y el blanco hasta que triunfó una idea más ambiciosa y empezaron a mezclarse los colores y a surgir otras figuras. Le solicitaron elefantes de yeso, iguales a los que la gente había visto en el circo. Como Tranquilino disfrutaba de una excelente memoria elaboró elefantes sin necesidad de tenerlos delante.

Prosperó tanto su industria casera que abandonó las labores del campo. No volvió a tomar un arado en las manos durante los años que le quedaron de vida, ni retornó a vocear detrás de una yunta de bueyes, ni alzó el rostro nunca más para mirar al cielo con el propósito de calcular si iba a llover o no. De esta suerte sus manos perdieron los callos que las mantenían endurecidas y sus dedos le respondieron todavía mejor al tratar de modelar una figura. Cuando el matrimonio tuvo que lamentar la pérdida de Luciano y Enrique, ya Tranquilino tenía guardados unos cuantos cientos de pesos. Los hubiera dado todos, todo su dinero, peso a peso, a cambio de que sus dos hijos vivieran a su lado. Pero se daba cuenta de que no era posible, que esas cosas no cuestan nada. Las mejores cosas. Las que la vida entrega gratuitamente. Como las crecientes pérdidas le pusieron debajo de las costillas un fuerte olor a desencanto, sus manos, que no sabían en qué ocuparse, se enamoraron aún más del yeso y llegaron a responderle con tanta docilidad que a menudo pensaba que no tenía dedos o que no le pertenecían, y elaboraba las figuras con más gracia que nunca antes porque sus gallos y sus elefantes eran a veces también la réplica de su mundo interior y entonces tenían una fuerza o un candor inexplicables.

Entretanto, sin apenas darse cuenta, Tranquilino y Clotilde comenzaron a ponerse viejos. Los árboles pierden sus ramas y las hojas caen poco después de amarillear y se pudren en la tierra, y las cortezas de sus troncos se tornan ásperas, difíciles, para el tacto de los que aún pretenden apoyarse en ellos. Clotilde y Tranquilino no habían perdido nada, salvo algunos mechones que dejaban al descubierto algún pedacito del cráneo y que ellos disimulaban al peinarse. Pero estaban ya tan arrugados como la corteza de un árbol milenario. Sin llegar a un acuerdo, dejaron de mirarse para no verse los años. Podían calcular por la muerte de otros vecinos que no eran más jóvenes ni más viejos que ellos, la fecha de entrada de la muerte en aquella casa. Esa fecha se había cumplido. De otro modo sus vecinos de la misma edad no hubieran muerto. A pesar de eso

Clotilde y Tranquilino se sentían fuertes, capaces de vivir medio siglo más. Tranquilino empezó a quejarse de la artritis o del asma por simple capricho. En realidad estaba tan fuerte como un toro. También se quejaba para no tener que elaborar más figuras de yeso. Se sentía insatisfecho con todo lo que había creado, y se decía, para divertirse a costa de sí mimso, que peor hubiera sido estar satisfecho. «Entonces sería un cretino —pensaba—. Ninguna de mis figuras vale un centavo prieto.»

La idea de la muerte lo rondaba. Pensaba que iba a morir sin hacer nada provechoso, sin dejar el menor recuerdo de su tránsito por la tierra. A veces esa idea le ponía fiebre en las manos y compraba varias libras de yeso y se comprometía mentalmente a elaborar al fin alguna figura que lo consagrara, pero inmediatamente su fervor decaía. «Van a querer comprármela en dos pesetas», pensaba, y esa sola idea cubría las figuras concebidas en la imaginación con una costra de suciedad. Quería morir pero no como murió Luciano, sin pena y sin gloria, sin dejar a su paso un reguero de recuerdos que nadie pudiera aplastar. Pensó que de haberse compadecido su sueño del caballo bermejo y el guacamayo con la realidad todo el mundo hubiera tenido que seguir hablando de su hijo. Ahora sería un patriota, un hombre para recordar a cada hora del largo tiempo. «Lo hubiera preferido mil veces —reflexionó— y eso que a mí no me gusta la política. Es muy aburrida. Los que ganan nunca tienen una suerte distinta. Los que ganan siempre se quedan con el poder.»

Comprendió, al cabo, que era muy difícil dejar en la vida esa huella de recuerdos imborrables y se dijo que para él lo era todavía más porque ya estaba cercano el término de sus días y apenas le quedaba tiempo para hacer algo de valor. Todos sus años los había consumido en una lenta frustración. De haber tenido el valor suficiente para abandonar la casa cuando Clotilde no quiso hacer más el amor, quizá todo hubiera marchado de otra forma. «El mundo es ancho —pensó—, pero todavía es más largo que ancho y el que sabe caminar sin fatigarse encuentra al final el bombillo encendido de una buena idea.» Lo que le había faltado era esa buena idea. Por eso cuando vio la foto de Candelario, y la de él, pensó que la idea única, transformadora y genial acababa de rozarle la piel de la frente. «Eso es la inmortalidad», se dijo. Ya no necesitaba otra cosa que morir y asistir complacido al espectáculo de su no-muerte sin la menor sorpresa.

De modo que estaba en su cama, bocarriba, esperando la muerte que habría de llegar sólo porque él lo estaba deseando. Unos días antes de concebir ese propósito y de ponerlo en marcha, Candelario había vuelto a hacer una aparición en público. No fue en casa de María Magdalena, donde todos lo esperaban, sino en el billar de Fallanca. Candelario entró, sin percatarse de que la puerta estuviera abierta o no, porque ya él no necesitaba de esas precauciones, y saludó al coime con toda corrección. Convidó a Graciano Pérez, el jefe de la estación de ferrocarril, a jugar una partida con él, pero el invitado no se atrevió a menear un dedo para tocar el taco. «Qué raro, parece que están muertos», comentó Candelario y se echó a reír. «Sí, como los muertos. Nadie se mueve de su sitio», agregó. Al cabo de unos diez minutos, viendo que la gente seguía sin moverse y sin poder articular palabra, Candelario salió dando las buenas tardes. Tranquilino pensó que seguramente Candelario, durante los días que él llevaba en cama, había vuelto a hacer de las suyas y que él no se había enterado porque no hablaba con nadie, salvo con Clotilde, y por espacio de sólo unos minutos con su cuñado Rogelio *el Pecoso* y con el médico. Le preguntó a Clotilde.

—Alabado sea Dios, no mientes ese nombre en esta casa —replicó Clotilde.

—Candelario siempre te reservaba un buen boliche —comentó sonriente Tranquilino.

—Cállate, por favor —agregó Clotilde y se santiguó.

Llevaba una semana en cama y no acababa de morirse. Clotilde ya había concluido el bordado de la mortaja y estaba a punto de creer que, felizmente, había trabajado en vano y que la muerte no se había enterado de la solicitud de Tranquilino. «A ver si la solicitud de Tranquilino se enreda con las de otros que quieren morir y Dios se confunde», pensó. Pero en seguida se golpeó la frente, murmurando unas cuantas palabras de reproche, como siempre que se le ocurría una idea absurda. Un minuto después acertó a reflexionar que su frase había sido una herejía y pidió perdón con los ojos vueltos hacia lo alto, hincada de rodillas y dándose golpes de pecho, frente a la puerta de la calle que permanecía abierta, para no ocultar a nadie su sincero arrepentimiento. Cuando se puso de pie, las lágrimas le corrían abundantemente por el cuello, mezclándose con el sudor, humedeciéndole el alto escote de su blusa azul.

Durante los primeros días Tranquilino esperó la muerte con la debida paciencia, pero al cabo de la semana ya estaba desesperado. Se sabía de memoria todos los nudos de la madera del techo y las telarañas encima del escaparate y los descascarados en el tabique que daba a la sala, que también era de madera y estaba pintado de azul, pero que antes había estado pintado de amarillo. No lo recordaba, simplemente los descascarados que dejaban ver la pintura anterior lo estaban proclamando. Para entretenerse pidió un libro que había traído Luciano como único recuerdo de sus andanzas por el mundo. Estaba profusamente ilustrado y Tranquilino comenzó por las láminas y finalmente se acomodó al texto. Leyó de un tirón ciento veintisiete páginas y eso que él era muy lento en la lectura. El libro refería la vida de muchos hombres importantes y Tranquilino constató que en aquellas páginas seguían vivitos y coleando. «Caramba, pero ninguno murió con sólo desearlo», pensó extrañado. Luego se dijo que todos los hombres importantes no cabían en las páginas que él había leído, y se sintió mejor. O peor. Mejor, porque el hecho de que él no conociera todas las formas posibles de morir incluía la posibilidad de que otros hubieran muerto así, lo que garantizaba también que la suya se realizara sin tropiezo, con la suavidad que le confería esa repetición. Y peor, porque si alguien tuvo antes la idea, su muerte ya no sería tan original.

A los nueve días se percató, sin espanto, que ya no podía esperar más. Si la muerte demoraba, estaba condenado al ridículo, por lo menos hasta que se hiciera efectiva la defunción. Y Tranquilino temía, por encima de todo, al ridículo. Como sorprendió a Clotilde llorando pensó que ya se notaba algún síntoma de que iba a morir y se alegró. Pero Clotilde lloraba desde el primer día que Tranquilino se acostó, sólo que no se dejaba ver y disimulaba perfectamente delante del marido. Sin embargo, en aquella ocasión, mientras abría una puerta del escaparate, se le salieron dos lagrimones que le corrieron por los pómulos hasta los huecos de la nariz. Trató de secarlos con la palma de su mano derecha, pero ya era tarde. Tranquilino la había visto. No obstante, por muchas ilusiones que se hiciera, Tranquilino no advertía esos síntomas. Tenía el apetito en su sitio y como estaba más descansado que nunca, no le dolía un solo hueso. «Mi respiración es una divinidad», se lamentaba.

Había que conocer a Tranquilino para sospechar que iba a conformarse con una larga espera. Adoptó la resolución de morir ese mismo día, a las seis de la tarde. Le pareció una buena hora. A esa hora las gentes ya habían salido del trabajo y podían ir a su mortuorio, si lo deseaban, libres de toda preocupación. No quería molestar a nadie para que el recuerdo fuera más grato. Llamó a Clotilde.

—Tráeme los pantalones nuevos —le dijo— y la camisa azul de mangas cortas. Voy a ponérmelos ahora mismo porque a las seis en punto de la tarde soy hombre muerto. No quiero morir vestido como un pordiosero.

—Eso no va a ser así —rezongó la mujer—. O tú crees que mis deseos no sirven para nada.

Tranquilino sintió que le corría un hilo de emoción desde el velo del paladar hasta el fondo del estómago. Comprendió que Clotilde también se había aficionado a él y que tampoco era culpable de aquellos años sin verdadero amor y que quería borrar de un plumazo todas sus expresiones de mal genio para ser como siempre debió ser. Clotilde lo necesitaba y estaba halándolo con sus ruegos desde este lado de acá de la tumba. Dios podría hacerle más caso a ella que a él, pensó, si es que Dios se ocupaba de esas cosas, lo que él ignoraba decididamente y tampoco creía.

—Pero mi voluntad será más fuerte que todas sus rogativas —agregó mientras se quitaba con decisión los pantalones viejos, zurcidos en las rodillas, que tenía puestos desde que se acostó nueve días atrás.

Clotilde le entregó la muda de ropa que había pedido y Tranquilino se dispuso a ponérsela en silencio.

—¿Cómo vas a saber cuando sean las seis? —preguntó Clotilde.

—Es verdad —repuso Tranquilino—. No tenemos reloj. Vas a tener que pedir uno prestado.

—No lo voy a hacer. Sería el colmo.

—El colmo o no, tienes que hacerlo. No hay otra forma.

Apenas terminó de vestirse, Tranquilino se acostó otra vez. El esfuerzo realizado, después de varios días de inactividad, lo fatigó. Sintió que la cabeza le daba vueltas y se dijo que era un buen indicio. «A un hombre tan terco como yo, la muerte tiene que entrarle por la cabeza», murmuró.

—¿Qué dices? —preguntó Clotilde, quien estaba atenta a sus labios.

—Nada. Que vayas pensando a quién le pides prestado el reloj.

Clotilde se negó rotundamente a hacer el esfuerzo de pensar en ningún reloj. Además, no tenía que pensarlo. Recordaba perfectamente quiénes conservaban en su casa un reloj de mesa o de pared, o un largo reloj de péndulo, vestido de madera desde la cabeza hasta la punta de los pies. Siempre había pensado así, que aquel reloj estaba vestido porque tenía como un hálito de humanidad, porque era también tan alto como una persona y porque estaba situado a la entrada del zaguán de casa de los Santurio y parecía vigilar desde su rincón los movimientos de todo el mundo. Pero en caso de pedir prestado algún reloj no iba a pedírselo a los Santurio. Conocía la historia de Beba y eso bastó para que ella no hiciera buenas migas con su familia. A veces se vio obligada a entrar en la casa, por distintos motivos, pero guardando siempre la distancia. Así fue como vio el reloj.

—Está bien, el de los Santurio, no —dijo Tranquilino como si le leyera el pensamiento—, pero trae cualquiera otro. El que te dé la gana.

Clotilde fue a casa de Dolores Gutiérrez y le pidió prestado el reloj. Quería complacer a Tranquilino. Pero también el corazón le decía que aquel reloj podía servir como elemento disuasivo. Si llegaban las seis de la tarde y Tranquilino no moría, era de esperar que se pondría en pie inmediatamente, malhumorado, maldiciendo de su intuición o de su floja voluntad o de su mente poco enérgica, pero dispuesto a no morir nunca más. Clotilde lo conocía muy bien. Pero también por conocerlo no abrigaba la menor duda de que si lo había anunciado, Tranquilino moriría a las seis en punto.

Para burlar a la muerte y al destino y a los propósitos de Tranquilino, que no debían ser de Tranquilino sino del diablo, Clotilde no concibió otra idea que atrasar una hora el reloj. Eran las once de la mañana y Clotilde lo puso en las diez. Le dio cuerda.

—Vaya, ahí lo tienes —dijo—. Vas a ver cómo la cosa falla.

—Sigue creyendo en sandeces —farfulló Tranquilino—. Hazme un buen almuerzo. Dicen que el camino hasta el infierno es largo y no quiero pasar hambre en el trayecto.

La mujer se volvió a persignar. Tenía miedo de las palabras. Si no alcanzaba a imaginar que por el hilo de una conversación pudiera descender el diablo, al menos reflexionaba que las herejías y las palabras irreverentes más tarde o más temprano tendrían su merecido castigo. Era verdad que ella maldecía a todas horas del día, pero sus maldiciones eran inofensivas expresiones de mal humor, dirigidas ingenuamente contra el fogón, cuyo humo le provocaba una tos pertinaz, o contra un taburete situado donde ella no esperaba y que la había hecho tropezar y casi caer, o contra una ventana que no respondía de buen grado a su propósito de abrirla porque era mucha la herrumbre aposentada en sus bisagras: siempre imprecaciones a ras de tierra, cuidadosamente refrenadas y tamizadas para que no rozaran siquiera los territorios del cielo.

Mientras reflexionaba de esa forma Clotilde reanudó los quehaceres de la casa. Ese día cocinó arroz con frijoles negros y masas de puerco fritas como cuando regresó Luciano. Calculó que así Tranquilino iba a pensar que ella, aunque no lo dijera, también esperaba su muerte, y que quería complacer su última petición. Almorzaron juntos por primera vez en mucho tiempo. Clotilde corrió la mesita sin barnizar hasta colocarla junto a la cama de Tranquilino y se sentó en una silla frente al marido. Mientras comían se miraban abiertamente a los ojos, también como no lo habían hecho casi nunca a lo largo de tantos años.

Pasó el tiempo. Cuando el reloj dio la una eran las

doce, y cuando dio las tres eran las dos, y cuando dio las cinco eran las cuatro, y cuando dio las seis, hora en que debía morir Tranquilino, eran solamente las cinco. Alarmado y molesto porque su voluntad no se había cumplido y su palabra desde ese momento quedaba en entredicho, Tranquilino profirió una maldición. Y como esperaba Clotilde, satisfecha, Tranquilino se puso de pie y se dio por vencido.

—Que me muera cuando al Dios tuyo le dé la gana —dijo.

Salió a la calle. Una mujer lo saludó con la mano, pero Tranquilino no respondió al saludo. Caminaba a grandes trancos, extrañándose de que no volviera a marearse ahora que hacía tantos esfuerzos, ahora que incluso se había dado el gusto de saltar sobre un charco de agua en lugar de hacer el rodeo. Se dio cuenta que inexplicablemente estaba del mejor humor y lo alegraba la idea de que casi nadie en el pueblo supiera que él había tratado de morir sin conseguirlo. Un muchacho descalzo y harapiento tiró un trompo, pretendiéndolo bailar, y el cordel se le fue de las manos y el trompo salió disparado hasta caer cerca de los pies de Tranquilino. Tranquilino se agachó, lo recogió y lo depositó casi con cariño en las manos del niño.

—Se dice gracias —recalcó Tranquilino—. Cuando a uno le hacen un favor simpre se dice gracias.

En el reloj de Dolores Gutiérrez ya estaban al dar las siete. Eran las seis en punto de la tarde. Y en ese mismo momento se escucharon tres disparos. Un desconocido acababa de disparar con su revólver a las espaldas de Tranquilino. Era la misma escena de la muerte de Luciano, con la única diferencia de que Tranquilino no tenía un solo enemigo. Por eso nadie lo pensó. Pero si Tranquilino hubiera podido dar la opinión sobre su muerte, con toda seguridad no hubiera encontrado otro móvil del crimen. Se trataba, sin dudas, de un marido burlado que había buscado veinte años despúés la oportunidad de vengarse. Aunque era más viejo, Tranquilino tenía la misma estampa de su hijo, las mismas espaldas ligeramente encorvadas y el mismo andar con las piernas más bien abiertas y las puntas de los pies mirando hacia adentro. Podían confundirlos hasta quienes los trataban a diario.

De modo que si Tranquilino no había muerto aparentemente a causa de su deseo, en cambio pudo vaticinar la hora exacta en que ocurrió. Y si le fue negado el derecho de morir por su propia voluntad, tuvo también, en cambio, la satisfacción de morir como lo había deseado desde que supo de las aventuras de Luciano: a manos de un marido burlado, gracias a lo cual podía sentir postreramente el consuelo de haberle disfrutado la mujer.

Nadie deseó tanto la muerte de Tranquilino como Rogelio *el Pecoso*. Aunque lo consideraba un fracasado no sentía odio por su cuñado e incluso en muchas oportunidades tuvo lástima de él. Quizá, pensaba, Tranquilino no era culpable de su falta de habilidad para hacer dinero. De suerte que cuando lo vio en la cama, dispuesto a morir, no se alegró en lo más mínimo y trató sinceramente de disuadirlo, tal y como se lo había pedido Clotilde. Pero apenas salió de casa de Tranquilino en compañía de sus dos hermanos tuvo la idea de que la muerte del cuñado iba a servirle, al fin, para hacer la fortuna con la que siempre había soñado. Llegó a su casa transfigurado: le sudaban las manos y le temblaba constantemente el labio inferior. Emelina, su mujer, se dio cuenta de que Rogelio *el Pecoso* era víctima de otra de sus ideas descabelladas. No pudo calcular que era la más alucinante de todas. Le sirvió el almuerzo y Rogelio *el Pecoso* casi no tocó los alimentos. Únicamente probó el flan de calabaza, y eso seguramente para complacer a Emelina, quien no perdonaba que le hicieran el desaire a uno de sus postres.

Con la misma celeridad que concibió la idea, Rogelio *el Pecoso* se vio arrastrado hacia el desaliento. Asistido por la más juiciosa de las reflexiones se dijo que Tranquilino no podía morir con sólo desearlo y que, si alguien necesitaba que ocurriera, tenía que contribuir en alguna forma. Esta última idea le dio repugnancia. Rogelio *el Pecoso* no era capaz de matar a nadie y ni siquiera de alentar a otra persona a cometer un crimen. Sin embargo, pensó que si Tranquilino se había comprometido tan solemnemente a morir debía cumplir su palabra sin esperar mucho tiempo. «Claro que Clotilde va a sufrir —pensó—, pero la muerte es algo a lo que la gente llega a acostumbrarse.» El recuerdo de Clotilde trató de insistir: por un instante Rogelio *el Pecoso* la vio mentalmente con sus largas trenzas llegándole a la cintura, envuelta en carnes y sonriente como veinte o treinta años atrás, y no como ahora, porque si la recordaba tal y como la había visto esa mañana flaca y encorvada, llena de arrugas, con las ojeras que le provocaban los sufrimientos y también la edad, no hubiera tenido valor para seguir adelante con su propósito.

Sin esperar a que el día madurara y el sol se desprendiera del cielo y fuera a ocultarse detrás de las montañas, Rogelio *el Pecoso* salió de su casa. Se había comprometido a recoger una caja llena de plátanos y malangas en casa de Pitin *el Cojo* y no quería dejarlo para luego. Hubiera podido hacerlo en cualquier otro momento, pero prefería que aquel compromiso no estuviera hurgándole constantemente en la memoria como un hueso de pollo atravesado en la garganta. Después de recoger la caja y de llevarla a su casa se sintió complacido. Ahora podía dedicarle todo el tiempo a lo suyo. De modo que salió nuevamente mientras Emelina lo miraba con los ojos muy abiertos, pero esta vez rumbo a la herrería de Blas Torralba, el hermano de Pitin *el Cojo*. Blas se encontraba, como casi siempre, detrás de la fragua, proporcionándole algunos mandarriazos a un pedazo de hierro al rojo vivo que pretendía convertir en una herradura. No se podía calcular si la herradura era para el caballo de un hombre que pagaba bien, porque Blas renegaba de todo trabajo hecho a disgusto.

—¿Qué te trae por aquí? —preguntó inmediatamente Blas, quien no ignoraba que las únicas visitas de Rogelio *el Pecoso* estaban relacionadas con la compra o la venta de alguna cosa.

—La jaula de las fieras —respondió Rogelio *el Pecoso* con la misma franqueza.

—¿Quieres comprarla o alquilarla?

—Prefiero comprarla.

—Entonces te cuesta venticinco pesos.

Rogelio *el Pecoso* se la compró en veinte. Nunca pagaba lo mismo que le pedían. También quienes lo conocían e iban a venderle algo invariablemente aumentaban la parada, en espera del inevitable regateo. Blas se sintió picado por la curiosidad, pero evitó preguntarle a Rogelio *el Pecoso* para qué diablos quería esa jaula. El herrero la había comprado cuatro años atrás a un cirquero que ofreció varias funciones en Mabujina: en la jaula traía un león sarnoso que, sin embargo, aún sabía rugir hasta provocar miedo. Pero el león se murió al cabo de la segunda función y el cirquero estaba escaso de dinero y Blas Torralba le compró la jaula en diez pesos, sin saber a ciencia cierta en qué podía utilizarla. Durante todo ese tiempo permaneció tirada en el patio de la herrería, a la intemperie, pero era una buena jaula, toda de hierro, y salvo la herrumbre que ya la afeaba no iba a echarse a perder. Si se echaba a perder, de todos modos el herrero no sabía a qué labor destinarla y no estaba dispuesto a venderla por menos de los diez pesos. Cuando cerró la operación con Rogelio *el Pecoso* respiró aliviado: por la ganancia y por haber salido al fin de la jaula. Rogelio *el Pecoso* la trasladó hasta su casa en la carreta de un campesino. Luego se entretuvo toda esa tarde trabajando afanosamente para montar la jaula sobre cuatro ruedas. Cuando la noche llegó lo había conseguido.

Era un negocio estupendo. Apenas Tranquilino lanzara el último suspiro, Rogelio *el Pecoso* saldría de su casa arrastrando la jaula hasta dar con el fantasma del cuñado, lograría encerrar a Tranquilino en la jaula mediante la persuasión o a viva fuerza e inmediatamente llevaría la jaula con el cuñado adentro hasta una carpa improvisada. Cobraría la entrada a veinte centavos por cabeza. Mil personas eran doscientos pesos. Cuatro mil personas, ochocientos pesos. Diez mil personas, dos mil pesos. Desde luego que en Mabujina no había diez mil personas, si acaso cuatro o cinco mil, pero contando la gente que viniera de otros lugares y los que repitieran la entrada al espectáculo, podía calcularse una asistencia en menos de seis meses de unas cuarenta mil personas, que a veinte centavos arrojaban un saldo de ocho mil pesos. Y en un año, serían dieciseis mil. Rogelio *el Pecoso* calculó que no era tanto como al principio pensó, pero de todos modos no estaba mal para empezar, aparte de que la jaula con el fantasma del cuñado adentro podría también ser llevada a otros pueblos y exhibida con resultados altamente satisfactorios. Sí, no cabía duda. Se convertiría en un hombre rico de la noche a la mañana.

Impaciente porque no llegaban noticias de la muerte de Tranquilino, Rogelio *el Pecoso* tuvo la idea de volver por casa de su hermana. No lo hizo para no despertar sospechas. De todos modos cuando Tranquilino muriera él se iba a enterar primero que nadie.

Clotilde acudiría a él inmediatamente. Todavía le sudaban las manos y le temblaba el labio inferior. Emelina lo interrogó y no quiso confesarle el proyecto.

—Soñé que un pájaro de oro se posaba en el tejado de nuestra casa —mintió Emelina para sonsacarlo—. Es una buena señal. Me dice el corazón que te vas a hacer rico.

—¿Cuándo lo soñaste? —preguntó Rogelio *el Pecoso* sin demostrar demasiado interés.

—Anoche.

—Pues trata de recordar qué otra cosa sueñas esta noche o mañana. Después me lo dices.

Al quinto día de espera Rogelio *el Pecoso* no pudo más. De súbito recordó al carnicero Candelario. Ya Candelario había hecho su aparición en casa de María Magdalena y hablado hasta con el padre Leonardo de la Caridad. En consecuencia, Rogelio *el Pecoso* no estaba obligado a esperar que muriera el cuñado: Candelario podía servirle para el mismo propósito. Haciendo rodar la jaula detrás de él, Rogelio *el Pecoso* anduvo por todo el pueblo, mirando a un lado y a otro, metiendo sus ojos por las puertas entreabiertas de todas las casas y hasta queriendo destapar con sus miradas los latones de basura por si en alguno de ellos se ocultaba el fantasma de Candelario. A su paso la gente sonreía con extrañeza. Alguien le preguntó que para qué quería la jaula y Rogelio *el Pecoso* respondió casi furioso:

—Para envasar melones.

El que le preguntó se rascó la cabeza sin entender. Después de varias horas de infructuoso recorrido por las calles del pueblo, Rogelio *el Pecoso* regresó a la casa seguido por el ruido de la jaula montada sobre ruedas. Salió nuevamente con su jaula al siguiente día. Exhibía la misma confianza de la víspera. A las cuatro y cinco de la tarde, cuando ya estaba agotado y sudoroso, se enteró de que el carnicero había hecho su aparición en el billar de Fallanca. Corrió hacia el lugar. En el billar le dijeron que Candelario, delante de todo el mundo, invitó a jugar a Graciano Pérez y que se fue, evidentemente disgustado, pero sin olvidarse de dar las buenas tardes. Alguien le indicó que el carnicero había doblado después por la esquina de la calle Concepción. «Pero eso ocurrió hace tres o cuatro días, no ahora», advirtió. Sin embargo, Rogelio *el Pecoso* no se sintió aludido por esta última observación. En ese momento estaba incapacitado para razonar con tanta frialdad. Y esa fue su suerte, porque gracias a que salió a buscarlo con desesperación, seguro de que iba a encontrarlo, media hora más tarde se tropezó casualmente con Candelario.

—Ven acá —le dijo con suavidad, pero sin poder evitar que la emoción lo traicionara.

Candelario se dio cuenta en seguida del peligro. Levantó la hachuela como cuando trabajaba con ella en alto, en actitud agresiva, dijo:

—Si me tocas, te mato.

Rogelio *el Pecoso* no se atrevió a hacer otro movimiento. Y frente a aquel rostro apretado y amenazador, que no le causaba temor ni sorpresa, pasó versátilmente, en cuestión de segundos, como siempre ocurría en su fértil imaginación, a la idea de que Tranquilino nunca le respondería con unas cuantas palabras duras y que, por el contrario, penetraría en la jaula a su pedido con la mayor docilidad. Tranquilino era terco, lo sabía, pero era también cortés y dulce como la pulpa de anón. Ahora fue Rogelio *el Pecoso* quien le dio las buenas tardes al carnicero, a tiempo que empezaba a alejarse de él, siempre seguido por el ruido de la jaula. Había decidido esperar la muerte del cuñado.

Desde niño Rogelio *el Pecoso* tuvo esa afición por los negocios rápidos y poco usuales. Cuentan de él que fue el primero en Mabujina que se ocupó, pese a que apenas contaba siete años, en la recuperación de materias primas que la industria local desestimaba e incluso en la recuperación de desperdicios a los que sólo la mente afiebrada de Rogelio *el Pecoso* encontraba aplicación y consideraba propicios para levantar una fortuna. Recogió de casa en casa, cuando no llegaba todavía a la cintura de un hombre, las escorias del polvo de café que quedaba en los coladores, creó un vasto secadero en el traspatio de su casa, y su alegría fue inmensa cuando, al secarse, el polvo tenía la misma textura y presencia que en los instantes de ser vendido en la bodega, antes de hacerse la infusión. Pero la borra del café apenas teñía y había perdido su aroma. Quince años más tarde se acercó a la primera mujer que llegó a Mabujina totalmente perfumada. La mujer le refirió que el perfume era un líquido color ámbar que ella compró envasado en un pomo de cristal. Rogelio *el Pecoso* pensó durante un tiempo en la posibilidad de envasar únicamente el olor. El enriquecimiento podía ser más fácil, calculó, porque se ahorraban los líquidos y la fuerza de trabajo empleada en su manipulación. Inevitablemente Tranquilino se echaba a reír cuando sabía de algún nuevo esfuerzo del cuñado por hacerse rico y recordaba las anécdotas que Clotilde le había confiado. Se burlaba entonces de Rogelio *el Pecoso* y Clotilde ponía inmediatamente cara de disgusto. Tranquilino se prometió no volverlo a hacer. Sin embargo, otro día, al escuchar en boca de Clotilde una nueva referencia a los trajines comerciales del hermano, Tranquilino se consideró obligado a intervenir con su opinión.

—Tiene que matar a alguien —dijo Tranquilino—, la flor del dinero sólo nace en el cráneo enterrado de un muerto.

Aludía Tranquilino a todos los ricos del pueblo que habían hecho dinero mediante fechorías nocturnas que dejaban siempre como saldo un cadáver.

—Y es además —agregó sonriente, sin calcular las consecuencias de sus palabras— la única forma de hacerse rico de la noche a la mañana.

Clotilde, a quien el cariño por su hermano la indisponía para descubrir la agudeza más allá de lo que consideraba un insulto, se sublevó con la frase.

—Estás equivocado si piensas eso de Rogelio —dijo—. Mi hermano es un santo.

Gesticulando aparatosamente, cosa que Tranquilino no hacía salvo cuando perdía el aplomo, trató de explicarle a Clotilde que justamente por pensar como ella consideraba que Rogelio *el Pecoso* nunca llegaría a tener un centavo en qué caerse muerto, pese a todos los esfuerzos que hiciera.

—Está perdiendo el tiempo miserablemente —dijo—. Los que nacemos pobres y no tenemos agallas para romperle la crisma a otro y llevarnos todo lo que posee, sólo tendremos de viejo la riqueza del ciempiés: una buena cantidad de patas que nos da la experiencia para huirle a la desesperación.

Pese al fárrago de sus palabras, de las que tampoco Tranquilino hacía uso en abundancia a menos que estuviera refiriéndose a las figuras de yeso que poblaban su imaginación y nunca pudo realizar, Clotilde siguió con el disgusto a toda mecha. Aquella mañana hizo sus labores domésticas de mala gana, invulnerable a otra idea que no fuera la del desquite. Logró que las llamas del fogón no llegaran a la altura prevista como para que los frijoles estuvieran a tiempo. Y luego le echó al arroz más sal de la cuenta, de modo que al poner el caldero sobre las brasas —como si realmente se hubiera percatado a tiempo del descuido— pudiera también culpar de la demora del almuerzo no sólo a la leña, que estaba demasiado húmeda, sino a la necesidad de desalar ahora el arroz. De inmediato Clotilde aprovechó el lamentable percance —porque para eso lo había provocado— y se puso a recordarle a Tranquilino las ofensas que había proferido contra el hermano, cuyo único resultado podía ser el de enredarle las manos al extremo de haberle echado al arroz una cantidad de sal mayor de la debida. Tranquilino se dio cuenta del chantaje. «Ese paso de jicotea me lo tengo merecido —pensó—. Pero lo del cráneo y la flor estaba bonito, y yo no me ahorro una frase aunque me cueste la vida.»

Ante la necesidad de esperar la muerte del cuñado, Rogelio *el Pecoso* se armó de paciencia. Incluso pasaron dos días más sin que él llegara a inquietarse porque nadie le trajo noticias de casa de su hermana. «Eso quiere decir que todavía está vivo», pensó. Al tercero, es decir, al séptimo día de tomar Tranquilino la resolución, Clotilde le mandó decir que todo seguía igual, que nada lograba disuadir a Tranquilino. Y exactamente el noveno día, a las seis en punto de la tarde, Tranquilino murió de un tiro por la espalda. Rogelio *el Pecoso* se enteró a las seis y veinte minutos. Mientras se vestía, otro amigo le dijo que no había sido de un tiro, sino de tres. Cuando llegó a casa de la hermana todavía no estaba allí el cadáver. Lo trajeron dos horas después, ya en la rústica caja de pino que el alcalde destinó para él.

—Nada de pretensiones —ordenó el alcalde—. Tranquilino era un hombre sencillo

Rogelio *el Pecoso* asistió al entierro. Se le veía con la cabeza gacha, sin duda acongojado por la muerte del cuñado. Cuando bajaron la caja hasta el fondo del hoyo abierto en la tierra, Rogelio *el Pecoso* empalideció. Entonces se arrodilló, cogió un puñado de tierra, lo besó y lo dejó caer sobre la caja. Los sepultureros empezaron a manejar sus palas. Rogelio *el Pecoso* contó en silencio las paletadas: ochenta y siete. Anochecía cuando regresó a casa de Clotilde. Apenas la mujer vio a Rogelio *el Pecoso* se desgajó en un llanto que la gente calculó que iba a durar diez días con sus noches, como la vez que lloró la partida de Luciano. Efectivamente, fue un llanto de parecida duración, pero mucho más lleno de humedades. Menos limpio. Lloraba y se sonaba con un pañuelo azul. Se babeaba y sudaba. Estaba demasiado vieja para darse el lujo de llorar por espacio de más de una semana.

Una semana. Justo lo que Rogelio *el Pecoso* pensó que demoraría en hacer su aparición Tranquilino. Entonces, desentendiéndose de Clotilde, salió por el pueblo con la jaula en espera del cuñado. Sabía que estaba al presentársele la gran ocasión. Pero Tranquilino en ese momento se encontraba a unos dos kilómetros de Mabujina. Se despertó, extrañado de comprobar que descansaba plácidamente sobre un largo césped, donde no había una sola porción de yerba mustia.

Muy pronto se dio cuenta de que estaba muerto. Aunque estar muerto era casi lo mismo que estar vivo. Respiraba igual y podía mover los brazos en la misma forma. Lo comprobó levantándolos y flexionándolos repetidas veces. Únicamente escapaba a su comprensión el hecho de que estuviera acostado en aquel lugar, a dos kilómetros de Mabujina. Conocía perfectamente el sitio: era la finca de Belén Fereira. «No me explico por qué estoy aquí», se dijo. Pero en seguida agregó: «Serán las balas. Pegaron tan duro que me hicieron dar un salto hasta aquí.»

Tranquilino consideró que había llegado para él ese instante único, el más ansiado de su vida: el momento en que demostraría que era un hombre inmortal. Se sintió muy alegre. Y con la decisión de divertirse todo lo que pudiera y de presentarse en público en cuantas oportunidades se le presentaran, tomó rumbo a Mabujina. Entonces empezó el combate, la lucha casi cuerpo a cuerpo. Porque Rogelio *el Pecoso* no perdía tiempo en perseguirlo y porque Tranquilino, que se dio cuenta en seguida del propósito, huía para no dejarse atrapar. Durante quince días con sus noches Rogelio *el Pecoso* vigiló y persiguió, y Tranquilino huyó y huyó, riéndose y riéndose de los fracasos del cuñado, que no lograba apresarlo.

En una oportunidad Rogelio *el Pecoso* estuvo a punto de meterlo en su jaula. Era domingo, sobre las ocho y media de la noche. Desde media hora antes grupos de jovencitos se habían puesto sus pantalones de tela fina y de muchachas que exhibían los más atrevidos escotes luego de colgarse sobre el busto collares de semillas silvestres que daban numerosas vueltas alrededor del cuello. Desfilaban por todas las calles del pueblo en dirección al parque, donde, justo a las ocho de la noche, la banda municipal daba inicio a la retreta. El director de la banda estaba uniformado de azul; calzaba, sin embargo, zapatos tennis porque el alcalde no había logrado ampliar el presupuesto destinado a las diversiones públicas o porque lo había agotado en sus recientes trajines electorales. Los músicos sufrían en mayor medida el reajuste: llegaban a la glorieta usando camisas de mangas cortas y pantalones de caqui, las ropas con las que trabajaban todos los días, porque eran plomeros y ebanistas y bodegueros que los domingos hacían música sin cobrar un centavo. Tranquilino no asistió a las retretas una sola vez en su vida. Le molestaba aquel ruido insolente que metían los músicos y que él no podía considerar como una manifestación artística. Con gusto hubiera hecho peor que el alcalde: suprimir hasta la partida correspondiente a la compra de trombones y redoblantes para la banda municipal, salvo que se encontraran músicos de verdad. Ahora estaba más allá de esas consideraciones. No le preocupaban ni el fisco, ni los uniformes de los músicos, y mucho menos que aquella banda de facinerosos, como acostumbraba llamarlos, escandalizara al extremo de despertar hasta el último pájaro que dormía en los árboles del parque. «Eso quiere decir que no hay pájaros sordos», pensó.

En el parque se congregaban los domingos cientos de personas y Tranquilino no podía desaprovechar la oportunidad de dejarse ver en público por tantos ojos a la vez. Así fue que tomó él también rumbo al parque, olvidado por un momento de la persecución desatada contra él por Rogelio *el Pecoso*. Faltaba apenas media cuadra para alcanzar el parque cuando Tranquilino lo vio. El cuñado, con sus espaldas recargadas contra los barrotes de hierro de la jaula, saboreaba despaciosamente un helado. Para hacer más cómoda la espera, tenía una pierna cruzada sobre la otra, y el pie suelto, que no necesitaba apuntalar el peso de su cuerpo, lo movía incesantemente como si pretendiera seguir los acordes de la banda municipal. Daba la impresión de una pachorra intolerable y, sin embargo, se veía también que continuaba vigilando. Tranquilino quiso volver sobre sus pasos, pero Rogelio *el Pecoso,* que ya lo había visto, soltó el helado y, echando a rodar la jaula, le cayó atrás. Atravesaron algunas calles a todo correr, a veces daba la impresión de que Tranquilino iba a escapar sin dejar rastro, pero finalmente Rogelio *el Pecoso* logró darle alcance. Tranquilino se dio vuelta y lo miró a los ojos con una mirada en la que brillaba, sin excluirse, la súplica y el espanto. Fue la única ocasión en que Tranquilino conoció el miedo. Sintió frío, como si le corrieran por dentro largos goterones de sudor. Pero fue una sensación instantánea. En seguida se percató de que, pese a la obstinada voluntad persecutoria del cuñado, a la cual posiblemente nunca se le pudiera poner fin, él tenía en sus manos un maravilloso registro de recursos para burlarlo. Pensó que Rogelio *el Pecoso,* por el simple hecho de haber sido criado junto a Clotilde, estaba alimentado desde niño por las mismas creencias y los mismos miedos de la hermana.

—No te acerques. Yo soy el diablo —dijo para asustarlo, y rió estentóreamente.

—Yo no creo en el diablo, Tranquilino. El diablo es la miseria —replicó Rogelio *el Pecoso.*

Desesperadamente pensó Tranquilino que otro de sus recursos podía ser el de provocar un cerco de llamas a su alrededor, de modo que el fuego convenciera al cuñado de su legítima condición luciferina. Lo deseó fuertemente y no lo consiguió. En cuestión de segundos convocó mentalmente a todos los duendes del fuego y ni una solla llamita apareció. Tranquilino se dio cuenta con desaliento que era una patraña que los muertos podían hacer cosas a su antojo, desaparecer o provocar incendios o volar sobre un palo de escoba a medianoche como dicen que volaban las brujas. En ese instante Rogelio *el Pecoso* comprendió que Tranquilino estaba vencido y a punto de entrar en la jaula sin rezongar una vez más. Era un cálculo acertado, aunque ignoraba que aún a Tranquilino le quedaba otro recurso, el más desesperado de todos: tratar nuevamente de huir. Salió corriendo sin mirar adónde, corriendo sólo por la necesidad de correr, y al cabo de un rato descubrió complacido que ya no se escuchaba tras de sus pasos el ruido de la jaula montada sobre ruedas.

Esta certidumbre de poder escapar siempre a la persecución del cuñado lo mantuvo alegre y sonriente al principio. Pero después de los quince días ya a Tranquilino no lo divertía el espectáculo. En todo ese tiempo no había logrado que nadie más lo viera. Y él había muerto para eso: para que los habitantes de Mabujina pudieran verlo y luego comentaran el suceso. Una noche en que el deseo de ser visto era casi una punzada en su corazón, Tranquilino logró burlar la vigilancia de Rogelio *el Pecoso* y entrar en su casa. Clotilde estaba en su sillón de mimbre y lo vio. Lo miró por entre la cortina de sus lágrimas. Era la misma figura de Tranquilino, sin duda, pero turbia, temblorosa, con sus bordes desdibujados, tal y como hubiera podido ver a un pez debajo del agua. Se secó rápidamente las lágrimas y vio al Tranquilino de siempre: con los mismos pantalones nuevos que se había puesto para morir y la misma camisa azul de mangas cortas. Le dio la impresión de que había rejuvenecido un poco. Pero ni siquiera esa idea la alegró.

—Alabado sea Dios, Tranquilino —dijo con las manos unidas bajo la barbilla—. Vete. Debes estar sufriendo mucho. Hazte perdonar por Dios.

Tranquilino sintió lástima de ella y se fue. Tampoco tenía absolutamente nada de qué hablar con la mujer. Y Clotilde, por añadidura, no le iba a contar a nadie la aparición para no dar pábulo a la versión de que Tranquilino se encontraba en el infierno. Entonces Tranquilino concibió la idea de visitar la iglesia y hablar con el padre Leonardo de la Caridad. Nunca lo había hecho en vida, pero ahora era distinto. Ahora sentía, como Candelario, esa superioridad. Pero apenas ganó la calle se topó con Rogelio *el Pecoso*, que seguía espiando y espiando, en espera de cualquier aparición en público de su cuñado. «Este condenado hombre no me deja vivir», rezongó Tranquilino. Tuvo que huir de nuevo. Quería mostrarse al público, pero no enjaulado. No iba a convertirse en ese objeto risible que pretendía hacer de él Rogelio *el Pecoso*. En ese medio de procurar el repugnante dinero.

Mientras huía, Tranquilino también reflexionaba. Y poco a poco, con el decursar de los días, comprendió que lo más preciado para él no era lo que comentaran los habitantes de Mabujina. «Me importa un pito lo que digan», pensó. Lo más importante para él era la libertad, esa libertad que ahora, hasta después de muerto, Rogelio *el Pecoso* le negaba y que, sin embargo, también después de muerto se sintió más próximo que nunca a conseguirla. O no la libertad. Que le pusieran el nombre que quisieran. Lo importante era para él hacer fácilmente lo que le viniera en gana. Y se dio cuenta de que el único gran deseo de su vida, el más profundo de todos, había sido el de llevar una vida como la de su hijo Luciano, lo que no hizo nunca justamente por el temor a los comentarios de los demás. Tranquilino se dijo que, con todo y haberle entregado al mundo dos hijos, no sabía lo que era el amor. Ese amor tempestuoso que sintió Luciano por las mujeres que le consumieron la vitalidad. Ese amor tempestuoso que ellas seguramente sintieron por su hijo. Sí, Rogelio *el Pecoso* le estaba haciendo un favor. Gracias a él se enteraba ahora de que no era convertirse en la diversión o en el miedo de la gente de Mabujina lo que él pretendía, sino ser feliz, ser amado hasta que la llama de ese amor le carbonizara los huesos.

Decidió irse. Irse bien lejos de Mabujina. Irse, como Luciano, a recorrer el mundo y conocer el placer insaciable que proporcionan los muslos de una mujer.

Se fue una tarde, por un sendero escoltado de gardenias y romerillo silvestre, cuando el sol apenas calentaba y era sólo una lluvia de claridades descendiendo sobre el camino, dando la impresión de que las hojas secas y crujientes de los árboles cercanos se desprendían y caían, y al caer se convertían en luz delante de sus pies. Mientras abandonaba Mabujina para siempre, Tranquilino deseó poseer un paraguas, sin saber por qué le llegaba ese peregrino deseo. Poseer un paraguas y abrirlo precisamente ahora que no había necesidad de taparse del sol, y andar y andar por aquel interminable sendero de gardenias y romerillo silvestre, andar y andar con el paraguas abierto, debajo del paraguas con toda su contagiosa alegría, bailando y cantando a todo pulmón.

Rogelio *el Pecoso* siguió buscando inútilmente a Tranquilino por espacio de tres semanas más. Dormía, al lado de su jaula, en el quicio de las casas, a menudo apoyando sus espaldas en la pared del viejo caserón que ocupaba el billar de Fallanca. Dormía a la intemperie, llenándose los huesos con el frío de la luna, dormía con un ojo abierto y otro cerrado, esperando. Esperando día y noche. Pero luego, viendo que Tranquilino se había burlado de él, en medio de un arranque de odio, de ira, de malhumor contenido a duras penas, renegó de su jaula para siempre, la dejó abandonada en medio de la calle y se fue a dormir con Emelina. Al siguiente día, aconsejado por la prudencia, recogió la jaula y se la llevó al herrero Blas Torralva, quien se la compró en cinco pesos.

Un rato después, Rogelio *el Pecoso* decidió visitar a Clotilde. Llevaba varios días sin visitarla, aunque no ignoraba que la hermana estaba próxima a morir. Al entrar en la casa no se extrañó de encontrar a la más linda muchacha de Mabujina velándole la respiración a Clotilde. Realmente era linda; tenía unas trenzas de oro cuyas puntas le tocaban las nalgas. «Me gustaría más que las trenzas fueran de azabache», pensó Rogelio *el Pecoso*. Era una chiquilla de espalda estrecha y espléndidas caderas. Era la nieta de Mercedes Santurio y no le decían Beba como a la abuela, sino Bebita. Pero aunque era nieta de la primera novia que tuvo Tranquilino, y Clotilde nunca se llevó bien por eso con la familia Santurio, Rogelio *el Pecoso* no se extrañó de verla junto a la cama de su hermana.

Bebita había tenido en el pueblo más enamorados

que cualquiera otra mujer, incluida su abuela, que en aquellos tiempos en que Mabujina era tan pequeña como un huevo de gallina, trituró corazones como avellanas en Nochebuena. Bebita, que no llegaba a los diecinueve años, había tenido ya cerca de cincuenta novios, y lograba tenerlos y despedirlos con tanta discreción que apenas en el pueblo nadie se enteró. Nadie salvo los novios y las rivales de aquella chiquilla que era el vivo retrato de Mercedes Santurio. Para no olvidar los novios escribía sus nombres en una libreta de colegio. Luego, para simplificar la operación, decidió no escribir esos nombres al azar, sino ponerlos en orden cronológico. Era muy difícil, porque a veces el tercer novio volvió a gustarle y pasó también a ocupar el séptimo o el octavo lugar. Decidió, pues, ponerlos en orden alfabético.

Por la A:
Agustín.
Alberto.
Alejandro.
Alfredo.
Amancio.
Armando.
Arturo.
Augusto.
Por la B:
Basilio.
Benito.
Bernardo.
Bonifacio.
Braulio.
Bruno.

Por la C:
Cándido.
Carlos.
Clemente.
Cristóbal.
Etcétera.

Su corazón era un diccionario. Pero era también un hospital. Dotada de una generosidad sin límites y de un corazón tan blando, tan abierto al placer como a la piedad, Bebita no perdía la menor oportunidad de ayudar al prójimo, sobre todo cuando veía a alguien enfermo y próximo a morir. Había estado al lado de la cama de todas las amigas de la familia que enfermaron de gravedad o murieron. Y ahora, porque sabía que Clotilde estaba muy enferma, y porque nadie se ocupaba de la pobre vieja, Bebita decidió cuidarla pacientemente hasta el momento en que dejara de existir.

Rogelio *el Pecoso* la saludó con gratitud. Después se enfrentó al rostro de su hermana. Clotilde parecía dormir. Estaba más flaca que nunca. A Rogelio *el Pecoso* el cuerpo de la hermana se le pareció al filo de un cuchillo debajo de la sábana. Sin embargo, Clotilde no dormía. No necesitaba dormir. Y durante los días y las noches de aquella vigilia que ella no se había impuesto, que era tan natural como seguir viviendo unos días más o morirse en ese momento, Clotilde llegó a repasar su vida entera. Vio a Tranquilino elaborando nuevamente sus figuras de yeso y solicitando sus favores en las noches de invierno o de verano, deseoso de despertarle el amor, de encenderle la piel poco a poco con las argucias que su escasa experiencia matrimonial le dictaba: rozándola con un muslo o dejando caer la mano con aparente descuido sobre uno de sus senos tapados por la blusa y la sábana. «Te hice sufrir mucho, niño mío», musitó. Luego vio a Luciano y a Enrique. Y finalmente vio juntos a su marido y a sus dos hijos, a los tres hombres que eran también las tres personas que ella había querido más a lo largo de su vida.

—Ah, eres tú, Rogelio —quiso decir en alta voz.
—Sí, soy yo, Clotilde. Tu hermano.
—Tengo tres hermanos —dijo sin amargura—. Los otros dos no han venido siquiera a verme.
—Estarán muy ocupados.
—Sí, eso debe ser.

Guardaron silencio. Rogelio *el Pecoso* se anduvo en el bolsillo, sacó una estampa religiosa y se la puso a la mujer sobre el pecho.

—Me muero —dijo Clotilde.
—¿Lo estás deseando? —preguntó Rogelio *el Pecoso* con ironía.
—No. ¿Para qué? Es inútil.

Rogelio *el Pecoso* se sintió culpable de haberle provocado un recuerdo triste a Clotilde.

—Puedes irte sin preocupación —dijo Clotilde—. Cuando muera, ocúpate de mi entierro y de todas esas cosas, de las flores principalmente. Siempre me gustaron las flores. Pero ahora vete a cumplir tus obligaciones. Ah, otra cosa. Ya yo te perdoné la herejía. Trata de que también te la perdone Dios.

—¿Cuál? —preguntó Rogelio *el Pecoso*.

Realmente no la recordaba, no exactamente la herejía a que pudiera referirse su hermana. Pero Clotilde había vuelto a cerrar los ojos. Rogelio *el Pecoso* pensó que se iba a llevar la respuesta a la tumba. Y él la necesitaba. Necesitaba saber qué cosa le había perdonado. Tomó entre sus manos la mano huesuda de la hermana.

—¿Cuál? ¿Cuál herejía? —volvió a preguntar.
Se oyó una voz distante.
—La de la jaula —dijo Clotilde sin mover los labios.

Rogelio *el Pecoso* salió de la habitación sin pronunciar otra palabra, ni siquiera para despedirse de la nieta de Beba Santurio. Atravesó la sala y ya iba a ganar la puerta de la calle cuando se volvió. En la pared de tablas, frente a él, estaba el retrato de Tranquilino, colocado en un marco. Era un marco de arabescos dorados, ennegrecidos por el olvido y las horruras de unas moscas verdes a las que nadie parecía prestar atención, pese al espeso zumbido que, con cualquier golpe de viento, trasladaban a otros puntos de la casa. Rogelio *el Pecoso* miró al retrato sin pestañear. Lo miró directamente a los ojos y pensó que, desde el papel, también Tranquilino lo miraba con fijeza. «Está igualitico, caramba. Igualitico que cuando estaba vivo», pensó. Entonces, sin dejar de mirar a los ojos que lo miraban desde el papel, dijo lo que nunca quiso ocultar, lo que estaba dispuesto a decirle desde el instante en que no lo pudo enjaular:

—Eres un fracasado, Tranquilino. Si hubieras llegado a ponerte de acuerdo conmigo, ahora tendríamos montado el mejor negocio del mundo.

BIBLIOTECA CUBANA CONTEMPORANEA

TITULOS DE ESTA COLECCION

* *Escrito en Cuba: Cinco poetas disidentes*, prólogo de Ramón J. Sender.
* *El comunismo cubano: 1959-1979*, Irving Louis Horowitz.
* *Dialéctica de la Revolución Cubana: del idealismo carismático al pragmatismo institucionalista*, Carmelo Mesa-Lago.
* *Escrito en Cuba: Donde estoy no hay luz/y está enrejado. El libro de Jorge Valls*, Jorge Valls Arango. Prólogo de Carlos Alberto Montaner.
* *Cuba: Claves para una conciencia en crisis*, Carlos Alberto Montaner.
* *La economía en Cuba socialista*, Carmelo Mesa-Lago.
* *Fidel Castro y la revolución cubana*, Carlos Alberto Montaner.
* *«1984»: Carta a Fidel Castro*, Fernando Arrabal.
* *Cavernas del silencio*, Armando Valladares.
* *Conducta impropia*, Néstor Almendros y Orlando Jiménez-Leal.
* *Los gays bajo la Revolución cubana*, Allen Young.
* *La campana del alba*, Ernesto Díaz Rodríguez.

→

* *De la sangre de otras venas,* Roberto Martín Pérez.
* *Cuentos,* Alberto Fibla.
* *Esa tristeza que nos inunda,* Angel Cuadra.
* *El Radarista,* Eloy Gutiérrez Menoyo.
* *El tiempo es el diablo,* Ricardo Bofill.

Date Due

UML 735